Channel A 系列 ⑶

魔法
蛋糕店

张小娴 经典作品

全新修订本

湖南文艺出版社
HUNAN LITERATURE AND ART PUBLISHING HOUSE

博集天卷
CS·BOOKY

自　序

记忆中的奶油玫瑰

那年我大概五岁吧。生日的那天，爸爸妈妈买了一个蛋糕给我。小小的蛋糕上，装饰着两朵粉红色的奶油玫瑰，插着一支蜡烛。那一刻，我觉得自己很幸福。

时光飞逝，我吃过无数更美味和更漂亮的蛋糕。然而，童年时的那两朵奶油玫瑰，却在我记忆里长存。

蛋糕总是让人联想到快乐。伤心的时候，我们不会想到要吃蛋糕。爱情不也是这样吗？开始的时候，总是甜蜜的。以后，就有了厌倦、习惯、背弃、寂寞、绝望和冷笑。

爱情有那么多的坏处，我们却依然渴求一个爱抚、一个怀抱、一个希望。

人是多么孤寂的动物!

我们抬举了爱情，也用爱情抬举了自己和对方。当你被爱和爱上别人，你不再是一堆血和骨头，而是一个盛放的灵魂。

爱情让我们爱上自己、怀疑自己、恨自己、怜悯自己，也了解自己。它让我们深入去探究自身最遥远也最亲近的内陆。

直到今天，我还是不了解我自己。

也许因为不了解，才会继续写作吧。

Channel A Ⅲ《魔法蛋糕店》是 Channel A Ⅰ《那年的梦想》和 Channel A Ⅱ《蝴蝶过期居留》的延续。人物换过了一批，故事也没那么沉重。第一辑和第二辑比较悲伤一点，更接近自身的内陆。这一辑的故事比较轻快，也许离自身的内陆遥远一点。可谁又知道不是亲近一点呢?

当爱情承载更多的希望，它也会幻灭得更快。这一辑的人物比头两辑的人物都要年轻、快乐和洒脱一点，不像第一、二辑里的人，总是抓住一段感情不肯放手，总是追悔着逝去的时光。

你问哪一辑的我才是我？每一辑的我都是我。

人大了，距离那两朵无忧的奶油玫瑰的日子远了。我自身也有一片遥远而亲近，却又危险的内陆。

张小娴

二〇〇一年十二月三日于香港家中

魔法蛋糕店 ‖‖‖‖‖‖‖‖‖‖‖ 目录 CONTENTS

Channel A

第 一 章

她没有放弃一些什么，
她根本从未拥有任何东西。
现在开始的一切，
才是她拥有的。

"这个周末，我们去长洲好吗？"余宝正在 Starbucks（星巴克）里一边喝 Espresso（浓咖啡）一边问身边的朱庭铿。

"长洲度假屋很多人自杀的啊，你不怕鬼吗？"朱庭铿吓唬她。

"但长洲的海鲜比较好吃嘛。"

"你最近有没有留意职员通讯？"

"什么事？"

朱庭铿凑到她耳边，说："我们银行的职员到假日海岸酒店租房，有百分之四十的折扣呢。"

"对呀！还有免费水果盘和早餐呢。那就去酒店吧！"

"你不怕遇到公司的同事吗？"

"怕什么！这是正常生理需要嘛。"余宝正放下手里的咖啡杯，说，"我要到北角的漫画社去，你呢？"

"长沙湾的制衣厂。"

"那我们再通电话吧。"

余宝正提着公文包来到漫画社，在漫画社外面跟一个男人撞个满怀。

"对不起。"那个男人抬起眼皮笑了笑，抱歉的样子。

余宝正看了看那男人，他蓄着一头微曲的头发，在脑后扎成一条马尾，身上穿着一件黑色的皮夹克，脚上踩着一双迷彩色的Converse（匡威）布鞋，笑容很迷人。

"没关系。"她有点着迷。

走进漫画社，她不小心踢到了一团东西，原来是个睡袋，睡袋里躺着一个人。

"哦，对不起！昨天晚上通宵工作吗？"余宝正尴尬地道歉。

那人一头栽进睡袋里继续睡，没有理她。

墙角的一张沙发上，也有两个男孩蜷缩着睡觉。乱七八糟的办公室里，只有一个半清醒的男孩仍然趴在桌子上工作。

余宝正看看手表，已经是下午四点钟了。

"我是新菱银行强积金部姓余的，我约了你们老板曾先生见面的。"

"他还没有回来，你等一下吧。"那个脸上挂着两个大眼袋的男孩说。

余宝正走到男孩身旁，好不羡慕地看着他画漫画。

"这一行很辛苦吧？"她问。

"赶稿的时候，几天没睡是很平常的事。"男孩一边打哈欠一边说。

"但是，画漫画很有满足感啊。我也喜欢画画。"

她拉了一张椅子坐下来，除了睡袋里那个人的鼻鼾声之外，她好像还听到了嘀嗒嘀嗒的声音。她四处看看，发现声音是来自桌上一个蛋糕盒的。

"你听到了吗？"余宝正问大眼袋男孩。

"听到什么？"

"嘀嗒嘀嗒的声音。"她指着那个蛋糕盒。

"刚才有人送来给老板的。"男孩把耳朵贴到盒子上仔细地听。

余宝正也凑近盒子，那"嘀嗒嘀嗒"的声音愈发显得空洞而不寻常。她和大眼袋交换了一个惊惶的眼神，大眼袋颤抖着说："会不会是炸弹？"

"那还不报警？"余宝正尖叫。

大批警察来到漫画社，军火专家检查之后，证实盒子里放着一枚自制炸弹，威力足足可以把一个人炸得粉身碎骨。

"我险些给炸成碎片呢！"余宝正走在街上，喘着气跟电话那一头的朱庭铿说。

"没事就好了。"

"如果我给炸伤了，只剩下半边，你还会爱我吗？"

"只剩下半边，怎么能活？"

"我是说只剩下半边胸和半张完整的脸，到时候你还会爱我吗？"

"我没想过呢。"

"你知道发现炸弹的那一刻，我在想些什么吗？我在想，我还没有成为漫画家，这样就死了，我不甘心。不过，我也许一辈子也不会成为漫画家的。"

余宝正走过街角，看到地摊上摆着几张油画，一个男人正在卖他的画。那些油画的主角，是一个很胖的女人。

"再跟你谈吧。"她挂断电话。

余宝正站在路边看那些画，其中一张，那个胖女人正躺在地上看月光。她看起来有两百磅[1]，烫了一个爆炸头，肩膀和手臂都是圆滚滚的，大腿和小腿胖得像一根一根丰收的大萝卜，屁股比天上的月亮还要大，这个胖女人却有一个尖鼻子和一张快乐的脸孔。

街头画家长得很瘦，他穿着一件泥土色的长袖棉上衣、一

---

[1] 磅，英美制质量或重量单位，1 磅合 0.4536 千克。

条牛仔裤和一双白布鞋。他的头发在脑后扎成一个小马尾。他长得有点像她今天在漫画社外面碰到的那个男人。但那个男人的笑容比较阴沉，画家的笑容比较天真。

"为什么你的女主角都是超级大胖子？"余宝正问画家。

"我觉得胖女人很可爱。"

"现实世界可不是这样呢。但你画的画真的很漂亮，我就买一张吧。"她挑了胖女人看月光的那张，画的名字叫 clair de Lune（月光），画家的签名是 zoe。

"这是女孩子的名字呢。"余宝正说。

"是妈妈给我的名字。"

"你是香港人吗？"

"我是在法国出生的。"

"这张画要多少钱？"

"嗯，三百块吧。"

"三百？两百吧。"

"向一个穷画家压价，是不是太残忍呢？"画家微笑说。

"这叫虎落平阳呀。卖不卖？"

"好吧。"

"我特别喜欢她的爆炸头，我今天险些就变成这样。"

"是吗？你今天到发廊去了？"

"说来话长。"她坐在小凳子上，把今天发现炸弹的事说了一遍，画家很有兴致地聆听着。

天黑了，她不知道为什么会跟一个陌生人说了那么多话，她甚至舍不得走。她只是双手托着头，像个情窦初开的小女孩那样，听他说着这几年来到处流浪的故事。

手机的铃声把她惊醒了，电话那一头，是朱庭铿的声音。

"你还没回家吗？"

"哦，我在街上买点东西，快回去了。"

她跟画家说："我要走了。"

"我也要收摊了。"

她看看手上那张画，说："将来你成名了，说不定会带挈我成为大富翁呢。"

画家只是微笑着收拾地上的油画。

离开那个摊子之后，余宝正走了一大段路去搭巴士。坐在空荡荡的车厢里，不知道过了多少个车站，她突然站起来，匆匆走下车，抱着公文包和油画，拼命地跑，又回到那个摊子。

灯火阑珊的街角里，她看到画家提着画箱站在那儿。

"你还没有走吗？"她气喘吁吁地问。

他耸耸肩膀微笑。

"你明天会不会来？"她问。

画家点点头。

"明天的明天呢？"

画家也点点头。

"那就好了，我有钱的话，会再来买你的画。你要等我啊。"她的脸涨红了。

再次离开街角的时候，余宝正觉得自己是画中那个胖女子的臀部，圆得像个气球，早已经飘升到夜空，绕着银白的月飞舞。跟朱庭铿恋爱的时候，怎么没有这种炽烈的感觉呢？经过一家时装店时，她在橱窗的镜子里看到自己的脸红彤彤的，整个人好像在燃烧。今天的那枚炸弹，是投在她心上了。嘀嗒嘀嗒，是她响亮的心跳声。

第二天，余宝正在办公室的报纸上读到那宗炸弹案的新闻，警方在晚上拘捕了一名疑犯。看到疑犯被扣上手铐带上警车的照片，余宝正呆住了。虽然疑犯的头上罩了一个黑色布袋，但是，她认得他那身衣着，还有他脚上那双迷彩色的Converse布鞋。他不就是在漫画社外面跟她撞个满怀的男人吗？原来他就是放炸弹的人，他当时看起来很冷静呢。案情透露，疑犯的女朋友最近向疑犯提出分手，跟漫画社的老板交往。疑犯在互联网上学会了怎样制造炸弹，自制了一枚炸弹送去给情敌，想把他干掉。

她拿着那张报纸走到朱庭铿身边，问他："如果我爱上了别人，你会给他送炸弹吗？"

朱庭铿说："我根本就不会制造炸弹。"

"你仍然可以用其他方法把他干掉的。"

"我想，我是不敢杀人的。"

她摸摸他的头，叹了口气，说："但是，女人会希望有一个男人这样爱她。"

朱庭铿悄悄在她耳边说："我已经订了这个周末的酒店房间。"

"嗯。"余宝正应了一声。对于去酒店的事，她突然不太热衷了。

下班之后，她匆匆抱着公文包去找那个街头画家。

"阿苏，我带了我画的一些画来，给我一点意见好吗？"她把练习簿从公文包里掏出来。这些都是她平时画的图画。她从小就爱画图画，美术课的成绩也是最好的。她梦想当一个漫画家，中学毕业之后，却进了银行当营业员，每天为了生活而营营役役。

"你学过画画吗？"阿苏问。

"只是在中学时学过素描。"

"为什么不去学呢？"

"本来想上师范学院美术系的，可是，我中学会考的成绩不太好。"

"你很有天分。"

"真的？你不是骗我的吧？"

"你好像特别爱画行李箱。你画中的男孩子和女孩子都拖着不同的行李箱，连猫和狗也有自己的行李箱。"

"嗯，我喜欢美丽的行李箱。"

"可是，连鳄鱼也有一个漂亮的行李箱，不是很奇怪吗？"

余宝正羞涩地笑了。这些漫画，她从来没有拿给别人看，包括朱庭铿。她爱画行李箱，已经成了习惯，自己并不曾特别去想为什么这样，反而是阿苏留意到了。

"也许是心底里常常渴望去流浪吧。"她说。

"你的笔名是泡泡鱼吗？"阿苏看到了她在每张画上的签名。

"是的，我姓余嘛，英文名又有 Po 这个词，索性就叫泡泡鱼。"

"还以为你喜欢浸泡泡浴和吃鱼呢。"

"两样我都喜欢啊，我爱吃银鳕鱼、鸡、牛肉……其实我什么都爱吃。"

"真的？"

"嗯。"

阿苏从画箱后面拿了一个胶袋出来，里面有一块牛排、一尾鱼和几只鸡腿。

"你为什么会有这些的？"

"是今天的晚餐。我正要回家做饭，你要来吗？"阿苏站起来收拾地上的油画。

"嗯。没想到你会做菜。"

"我在意大利时当过餐馆学徒的。走吧。"

"知道了。"余宝正拿着自己的漫画簿跟在后面。

阿苏住在一幢旧房子里，房东是一对爱尔兰籍的夫妇，他们今天出去看电影了。

阿苏做了五个菜：蔬菜沙拉、牛油煎鳕鱼、烤嫩牛肉、西红柿酱蛤蜊幼面、蘑菇烩鸡腿。

"我们两个人吃这么多？"余宝正问。

"你太瘦了。"

"才不呢！我五英尺[1]四英寸[2]，重一百零八磅呢，要减肥。"

"你一点也不胖，吃东西是一件很开心的事。"

"如果我变成你画中那个胖女人，我才不会开心呢。"

余宝正吃了一口鸡腿，赞叹地说："很好吃啊！"

"多吃一点吧。我今天卖了五张画。"

"假如有天我成名了，我也请你吃一顿丰盛的。"

"画画不一定要成名的。"

"你不想成名吗？"

"我根本没想过这个问题。我就是喜欢画画。画画对我来说，是一种需要和享受，就像我爱下厨和吃东西。"

"你的想法太简单了。"

"简单不好吗？"阿苏搔搔头说。

---

[1] 英尺，英美制长度单位，1 英尺合 0.3048 米。
[2] 英寸，英美制长度单位，1 英寸等于 1 英尺的 1/12。

她望着他，问："你几岁？"

"二十二岁。"

"跟我一样呢。"然后，她又问，"你的女朋友都是很胖的吗？"

"也没胖到那个程度。"

两个人同时笑了起来。她望着他，忽然意识到自己所以为的复杂，是多么肤浅。眼前这个跟她同年的男人，却能够活得天真和自由。他就像他画笔下那些胖女人，是快乐而独一无二的。和他比较起来，朱庭铿的世界就显得太小了。

她看看桌上的盘子，都是空空的，东西都给她吃进肚子里了。

她抗议："你害死我了！我本来要减肥的。"

"还有甜品。"

"我真的不行了。"她投降。

"你一定要尝一口，是我做的德国蛋糕。"

"德国人不是只喜欢吃香肠的吗？"

"他们也很爱吃蛋糕的。"

"你为什么会做德国蛋糕？"

"我在德国待过一段日子，学会了做这个李子蛋糕。"阿苏从厨房端出一个蛋糕来，上面满满地铺着一片片李子，李子上撒上肉桂，搭配着发泡的鲜奶油。

"蛋糕是昨天做的，热吃不错，但放一天之后，淋上新鲜的奶油冷吃，又是另一种风味。"阿苏切了一块蛋糕放在余宝正的碟子里。

"嗯。肉桂和李子的味道很香。"余宝正吃了一口蛋糕。

"怎么样？"

"不是太甜，很好呢。"

"德国蛋糕就是不会太甜。"

"秋天李子丰收的时候，德国主妇都爱在家里做这个蛋糕，所以它算是最德国的蛋糕。"

"你通常会在一个地方待多久？"她问。

"说不定的。"

"但是，一定会走的，对吗？"她有点伤感。

"走了也可以回来的呀。也许有一天，我们会在另一个地方相见。"

"也许吧。"她抬头望着阿苏,他天真的脸容就是投在她心上的那枚炸弹,把她整个人一下子都炸得粉碎了。

"还要一块蛋糕吗?"他问。

"不。我回家了。"她抱着公文包,站起来说。

她把公文包抱在胸前,匆匆从他家里跑出来。她并没有回家,而是跑到电台直播室去。

"你干吗突然跑来?"夏心桔问。

"表姐,我想我是在谈恋爱了。"她喘着气说。

"不错,你是在跟朱庭铿谈恋爱呀。"

"不是他,是一个在街头卖画的画家。"

"画家?"

"第一次遇到他,我已经想抛弃朱庭铿;第二次见到他,我想抛弃所有一切。就是这种感觉!"

"你第几次见他?"

"今天晚上,是第二次。我刚刚在他家里吃饭。"

"那你为什么跑来？"

"再不走的话，我会失身的。我想，要失身的话，也该等到第三次见面，这样比较矜持。放心吧！第三次见面，我一定会饱尝兽欲才走的。"

夏心桔笑了："你这样也算矜持？"

第二天，余宝正本来是要去找阿苏的，可是，醒来的时候，她头痛得很厉害，不知道是重感冒还是热恋过了头，就是起不了床。

在床上躺了三天，终于好了一点。黄昏的时候，她爬起床，换了衣服，去找阿苏。

可是，到了他往常摆摊的地方，却见不到他。

她来到他住的房子。房东太太说，阿苏昨天已经离开了。

她哭了，他为什么不告诉她一声呢？他就像会魔法似的，突然在她生命中出现，又乍然离别。他到底是什么人？

周末，在假日海岸酒店的房间里，她跟朱庭铿说："我们分手吧。"

朱庭铿呆住了："为什么？"

"我不知道怎样说，总之，我觉得已经不是那回事了。"

朱庭铿哭着问："是不是有第三者？"

"他已经走了。"

"他是谁？"

"也许是我自己吧。"

在意大利餐厅里，余宝正愉快地吃着蘑菇烩鸡腿。

"你今天吃了很多东西呢！不是常常嚷着要减肥的吗？"夏心桔问。

"不减了。女人要胖一点才好看，美食是最大的享受。"

"是那个画家说的吗？"

余宝正微笑着说："我报读了美术专科的两年制课程。"

"银行的工作呢？"

"我辞职了，到漫画社去当助理。就是有炸弹的那一家，可能是感激我救了他们一命吧，所以，虽然没有经验，他们也肯让我试试。"

"薪水够用吗？"

"不够用，但我有积蓄。"她满怀憧憬。

"那很好呀！不是每个人都可以放弃目前拥有的东西而去追求梦想的。"

"表姐，你吃过德国李子蛋糕吗？"

夏心桔摇了摇头，问："是怎样的？很好吃的吗？"

余宝正咬着叉子，笑笑说："那得看是谁做的。"

到美专上课的第一天晚上，余宝正在 Starbucks 买了一杯 Espresso，她又变回一个学生了。夏心桔说得并不对，她没有放弃一些什么，她根本从未拥有任何东西。现在开始的一切，才是她拥有的。她现在有一百一十五磅，坚实而浑圆。有一天，当她和阿苏在某个国度里重逢，他一定再也舍不得把她丢下。

Channel A

第 二 章

最初的爱情，
总是教人回味的。

"听说意大利那不勒斯的柠檬比橙还要大。"巴士上，唐纪和跟李传芳说。

　　"真的？"

　　"那不勒斯的特产血橙，听说比西柚还要大。"唐纪和又说。

　　李传芳笑了："那么，那不勒斯的西柚，会不会比西瓜还要大？"

　　"这个我倒没听说过。"

　　"你见过那不勒斯的柠檬吗？"李传芳问。

　　"没有呀！有机会去意大利的话，我会去看看。"

　　"如果可以去意大利，我要先去罗马和佛罗伦萨。"李传芳向往地说。

"好吧。有机会我们一起去。"唐纪和微笑说。

李传芳笑笑没有回答。巴士停了下来,她站起来,说:

"我到了。"

唐纪和连忙站起身,说:"我也要下车。"

"你不是再过两站才下车的吗?"

"走走路,可以减肥。"

"你已经很瘦了。"

个子高高的唐纪和,身上没有半分多余的肉。减肥,真是个太差劲的借口了。

下车之后,唐纪和忽然问李传芳:"你是双鱼座的吧?"

"嗯。"

"我是巨蟹座。星座书上说,巨蟹座跟双鱼座最好的关系是情人。"

"你也看星座书的吗?"

"是听我妹妹说的。"

到了公寓外面，李传芳说：

"我到了，明天见。"

"明天见。"

李传芳回过头去，发现唐纪和依然站在那里，微笑着跟她挥手，好像根本不打算离开。

唐纪和是喜欢她吗？如果不是有意思，怎么会每天都故意等她一起下课，然后一起坐车回家？可惜，唐纪和不是她喜欢的那一类型，看来他是白费心机了。

唐纪和是李传芳在美专的同学。开课几个月了，他们两个，还有另外两个同学余宝正和王日宇，是比较谈得来的。唐纪和对她，好像有点与别人不同。他从来没有约会她，可是，他跟她说话的语气，总是特别亲昵。

一年前，李传芳才跟杨志鹏分了手。那天，也是在巴士上。

"你想要一个怎样的人生？"她问。

"我没有想过。"杨志鹏说。然后，他搭着她的肩膀说："大概是一个跟你一起的人生吧。"

一瞬间，她想到以后几十年的人生，就是陪着杨志鹏看她自己从来不喜欢的足球比赛，每一次逛街，也是陪他去看音响，并且忍受他是一个没有什么梦想的人。

她实在不敢想象以后的人生。

"如果我杀了人，你会怎样？"她问杨志鹏。

"你怎会杀人？"

"我是说如果。"

"那就劝你自首。"

"为什么要自首？"

"那是为你好，自首可以减刑。"杨志鹏说。

她不想要这样一个男人。她要的男人，是在她杀了人之后，会替她埋尸，而不是劝她自首。即使不埋尸的话，也会替她顶罪。

"劝你自首的男人，才是爱你的。"杨志鹏说。

"不！"她说。

替她埋尸、顶罪，带着她逃亡的男人，才是爱她的。

"我们要在这里下车了。"杨志鹏说。

李传芳绝望地看着他，说：

"是的，要下车了。我们就在这里分手吧。"

"为什么？就是因为我劝你自首？"

这个也许不是全部的理由。当你对一个人已经没有感觉了，你会找到许多理由不去爱他。

离开杨志鹏之后，李传芳到美专去报名，她想过另一种人生。

这天上课之前，唐纪和把一袋沉甸甸的东西放在她面前。

"给你的。"他说。

"什么来的？"李传芳打开袋子看看，原来是一堆新鲜的柠檬。

"为什么送柠檬给我？"

"本来想送花的，但是，花没有什么特别的。"

"这又不是那不勒斯的柠檬。"

"那个将来再送给你吧。"

"这么多柠檬，我一个人怎么吃？"

"不是用来吃的。"

"难道是用来敷面的吗？"

"你这么漂亮，不用敷面了。把这些柠檬用一个玻璃碗装着，放在家里，比鲜花还要漂亮。而且，柠檬比花便宜，还可以吃，又不会凋谢。"

"你倒是精打细算。"李传芳揶揄他。

余宝正走了过来，说：

"为什么只送给李传芳，不送给我？"

唐纪和微笑不语，走开了。

"你说唐纪和是不是喜欢我？"在 Starbucks 喝咖啡的时候，李传芳问余宝正。

余宝正笑了："谁都看得出来吧。"

"但是，他并没有追求我。在言语上讨便宜，算是什么意思？"

"可能他在试探你吧。你喜欢他吗？"

"没有感觉。"她高傲地说。

"你可不要到头来喜欢了他啊。"

"我才不会呢。"

回到家里，李传芳把那袋柠檬扔进冰箱里。

第二天，在学校里，唐纪和走过来问她：

"那些柠檬好看吗？"

"好看？你应该问好不好吃。我妈妈用来做了柠檬鸡。"她故意骗他。

唐纪和怔住了片刻。

在巴士上，沉默像一片乌云，横在他们之间。

"我下车了。"李传芳站起来。

"哦，明天见。"唐纪和冷淡地说。

这一次，唐纪和没有跟她一起下车。那段回家的路，是她走惯了的。不知道为什么，今天晚上，她觉得走那段路比平常孤单。

唐纪和是在生她的气吗？他要生气尽管生气吧，她才不在乎。

　　第二天回到学校，唐纪和的座位是空着的。

　　"他打电话给我，说他生病了。"余宝正说。

　　他不是气得生病了吧？但他为什么要跟余宝正说，而不跟她说呢？

　　上课的时候，李传芳常常望着那个空了的座位。她觉得很内疚。是内疚吗？她分不清是内疚还是思念。

　　放学之后，李传芳一个人去坐巴士。就在那个时候，她远远地看到唐纪和就在车站。她走近点看，他穿着大衣，鼻子红彤彤的，样子有点憔悴，看来真的是生病了。

　　"你为什么会在这里？"她问。

　　"本来想回去上课的，赶不及了，只好在这里等你一起回家。"

　　"你不是生病了吗？"

　　"就是想传染你。"他嬉皮笑脸地说。

　　"你这个人的心肠真坏。"

"你喜欢心肠坏的男人吗？"

"我喜欢死心塌地的。"

"我刚好就是这种人。"

"你女朋友真是幸福。"

"我没有女朋友。"

"那就奇怪了，你挺会说甜言蜜语。"

"我是遇到喜欢的人才会说的。"唐纪和认真地说。

"哦，是吗？"她没好气地答着。

"你的香水很香。"他说。

"你不是伤风吗？"

"就是伤风也可以闻到。这是什么香水？"

"不告诉你。"

"为什么你天天都洒同一种香水，不换一下别的味道？"

"有些东西是不需要换的。"李传芳说。

"是有原因的吗？"

李传芳低了低头，又抬起来，始终没有回答。

"对了，你在学校里有没有听到一个传闻？"唐纪和问。

"什么传闻？"

"他们都说我们在恋爱。"

李传芳的脸红了，这个唐纪和分明是在试探她。

"我从来没有听过，这根本不是事实。"她说。

"你是不会考虑我的吧？"唐纪和半带认真地问。

"你真的想知道答案吗？"

这个时候，唐纪和却指着刚刚来到的巴士，说："到了。"

夜里，唐纪和一个人坐在狭小的房间里，一边用电脑做功课，一边听着夏心桔的 Channel A。

一个女孩子打电话到节目里说："我不知道他是否喜欢上了我。"

"你看不出来吗？"夏心桔说。

"他对我好像特别地好。他会故意走来跟我说：'其他人都说我们在恋爱，你说呢？'可是，他又从来不约我。"

"你喜欢他吗？"

"本来不喜欢的，现在却有一点点。"

Richard Marx（理查德·马克斯）的"Right Here Waiting"（《此情可待》）从收音机里流泻出来，唐纪和着迷地笑了。房间外面，他两个妹妹在聊天。他听到她们在讨论他。

"他天天都在家里，怎会有女朋友？"他大妹妹说。

"他人这么孤独，又不爱说话，有女孩子喜欢他才怪！"他二妹妹说。

在家里，他是个沉默的人，没有人了解真正的他。这样更好，他有更多的自我。

李传芳躺在床上，脸上贴着四片新鲜的柠檬。唐纪和说她长得这么漂亮，不需要用柠檬敷面。他是恭维，还是真心的？那些，大概都是调情吧？

今天晚上，她有点想念唐纪和。被调戏的女人，原来是幸福的。爱情也总是在患得患失的时候最美好。如果永远没有开始，也永远不会消逝。可是，谁又会按捺得住不去开始呢？

Richard Marx 的"Right Here Waiting"在空气里流荡。一个

女孩子在节目里说，有一个男人好像对她有意思。这个故事怎么好像她自己的故事？

她拿走脸上的柠檬，走到衣柜前面，挑选明天的衣服。

"你穿得愈来愈漂亮了，是穿给我看的吗？"上课时，唐纪和悄悄在她耳边说。

"谁说是穿给你看的？"她不肯承认。

与其说是穿给唐纪和看，不如说，她这一身衣服，是为爱情而穿的。

周末的时候，她和余宝正去逛 Esprit（埃斯普利特），她挑了好几套衣服。

"你近来常常买衣服，是在恋爱吧？"余宝正问。

"没有呀。唐纪和又没有追求我。"

"可是，他已经引起你注意了。"

"会不会有这种男人，他故意调戏你，然后等你追求他？"

"这种男人最讨厌了。"

"你想要一个怎样的男人？"

"会烧菜的，而且厨艺一流。"余宝正说。

"就这么简单？"

"会烧菜的男人才不简单呢。将来，等他有了自己的餐厅，我还可以在墙壁上画画。"

"你想得真远。"

"你呢？你喜欢怎样的男人？"

"我遇到过一个很可爱的男人。那天，是我们初次约会，我们去吃西班牙菜，我滔滔不绝地说了很多关于自己的事，说了不知多久，有一两个小时吧。忽然之间，他站起来，脸部的表情扭曲成一团，双手按在肚子下面，说：'不行了！我要上厕所。'原来，他一直想去尿尿，他忍了很久。"

"他为什么要忍？"

"因为他看见我说得那样高兴，不忍心打断我。这种男人是不是傻得很深情？"

"要傻得这样深情，也要有一个容量特大的膀胱才可以啊。"余宝正说。

李传芳笑了，那个人就是杨志鹏。最初的爱情，总是教人回味的。可惜，后来，她又嫌他太傻了，他连自己想要一个怎样的人生也不知道。

　　从试衣室走出来，李传芳瞥见一个人，那不就是杨志鹏吗？杨志鹏身上穿着一件粉蓝色的、手织的毛衣，胸前编了一只蝎子，跟一个女孩子手牵着手逛街。那件毛衣的袖子上有他的英文姓名简写。

　　分手的时候，他不是很伤心的吗？他这么快已经又恋爱了，还穿着那个女人编的毛衣。

　　李传芳连忙把余宝正拉进试衣室关起门。

　　"什么事？"余宝正问。

　　"我见到以前的男朋友了。"李传芳小声说。

　　"天蝎座那个？"

　　"你怎知道他是天蝎座的？"

　　"他那件毛衣上面织了一只大大的蝎子，谁都知道他是天蝎座吧？他跟一个女人一起呢。"

李传芳看了看镜子，沮丧地说："我现在不能出去，我今天的样子不好看。"

"呜……呜……呜……"在 Starbucks 里，李传芳低着头饮泣。

"他就是为你忍着不上厕所的那个人？"余宝正问。

"嗯。"

"是你不要他的，现在为什么又哭？"

"他怎么可以那么快爱上别人！"

"要多久才不算快呢？"

"起码也要五到十年吧。"

余宝正笑笑说："我也是这样想。那个给我抛弃的男人，要用五到十年时间才可以爱另一个人。然而，他要用一辈子，才可以把我忘记。"

"或者，他会拒绝其他女人，一直等我。"李传芳说。

"这样的概率未免太低了吧？不会有这种男人的。"余宝正说。

今天晚上，李传芳彻夜思念着唐纪和。床边的电话响起，是唐纪和打来的。没等他说话，她首先说："可以陪我出去逛逛吗？"

唐纪和在街上等她。李传芳穿了今天才买的一条青绿色裙子，像个鲜嫩的青苹果，从公寓里走出来。

"这么晚找我，是不是想念我？"唐纪和调侃她。

"你不想见我吗？"

"我怕你不想见我呢。"他调皮地说。

"你是不是喜欢我？"她直截了当地问。

唐纪和的脸涨红了。半晌，他结结巴巴地说："我想，你误会了。"

"我误会？"李传芳难堪得无地自容，她觉得自己好像一下子变成了一个烂苹果。

"我们是很谈得来，但我没那个意思。"

"那你为什么跟我说那种话？为什么每天和我一起坐车，又提早下车？为什么说双鱼座跟巨蟹座最好的关系是情人。你到底想怎样？"她质问他。

"对不起，我只是跟你说笑。"唐纪和怯怯地说。

"说笑？我今天实在过得太好了！谢谢你！"她羞愤地跑回家去。

很长的一段日子，在学校里，她和唐纪和没有再像从前那样聊天，他也没有陪她一起坐车。

为什么当她喜欢了他，他又要否认呢？

她恨死这个唐纪和了。可是，一个人坐巴士回家的晚上，她又会怀念他在身边的日子。她回味着他的甜言蜜语，还有他在公寓外面痴痴地向她挥手的那一幕。她怀念他所送的每一个柠檬。

后来有一天，唐纪和跟她一起坐巴士回家。他们肩并肩坐着。他收起了从前的轻佻，诚恳地问：

"你还在生我的气吗？"

"没有了。"她笑了笑。

"真的很抱歉。"

她耸耸肩膀，说："没什么好抱歉的。"

"我下车了。"她说。

"你还没到呢。"

"我要去买点东西。明天见。"

"明天见。"

李传芳在超级市场买了一大包新鲜的柠檬。她忽然明白了唐纪和这种男人。他在家里也许是个沉默的人。他装得那样轻佻，只是掩饰自己的胆小。他喜欢调情，却没有胆量去爱。万一她杀了人，唐纪和绝对不会叫她去自首，他会去举报她。

她把柠檬放在一个玻璃碗里。柠檬的香味，使她那狭小的房子清新了。唐纪和说得对，柠檬比花美好，它不会凋谢。她有点想念她从没见过的那些那不勒斯的柠檬。

Channel A

第 三 章

他们有多少年没唱这支歌了?
他们微笑着, 唱着童稚岁月的歌,
唱着那个遥远的地方。

漫画社附近的一条小路上，本来有一家魔术用品店的，自从一年前歇业之后，铺位一直荒废着，门前的邮箱塞了大堆信件，卷闸门上贴满了招租广告，还有一张已经斑驳发黄的歇业启事。

从前，何祖康总爱在店里流连。他在这里买过一套魔术环和一副魔术扑克。他不太会玩魔术，但从小就喜欢看魔术表演，他向来喜欢虚幻的东西，大概也因为这个缘故，他选择了画漫画。

魔术用品店消失之后，这条小路也变得寂寥了，好像缺少了一点梦幻的色彩，这点色彩却偏偏是生命的调剂。

直到一天傍晚，何祖康和余宝正一起离开漫画社，经过这条小路的时候，发现工人正在店里装潢。

　　"这个铺位终于租出去了，你猜会是开什么店呢？"余宝正问。

　　何祖康探头进去瞧瞧，只看到里面沙尘滚滚。

　　"会不会也是魔术用品店？"他说。

　　"不太可能吧？这种生意赚不了多少钱。"余宝正说。

　　"模型店也不错。"何祖康说。

　　"希望是宠物店吧。那么，闷的时候可以来这里逗逗小狗。"

　　"开画廊也不错。"

　　"要是开租书店，不是更好吗？"余宝正憧憬着。

　　一个秋凉的日子，何祖康熬完了通宵，打那条小路去坐巴士的时候，嗅到一股让人垂涎欲滴的香味。他抬起头看看，发现荒芜了多时的魔术用品店一夜之间变成了一家蛋糕店，名字叫 Konditorei。

　　他往里面看，布置简洁的蛋糕店内，放着一个玻璃柜和几张小小的咖啡桌。玻璃柜里的蛋糕，是他从来没见过的，这不免引起了他的好奇心。他走进去，伫立在玻璃柜前面，低下头仔细研究那些蛋糕。

"欢迎光临！"一个女孩子从店后面走出来，用愉悦甜美的声音说。

何祖康抬起头，看到面前这个蓄着长发，身上穿着白色围裙的女孩子，不禁张大了嘴巴。

女孩看见他，也露出诧异的神情。

"你是何祖康？"

"你是苏绮诗？"

"真巧！竟然在这里碰到你。你长大了很多啊！如果不是你那两个注册商标式的大眼袋，我差点认不出你来呢。"

"你也长大了很多。"何祖康说。

"你还见过儿童合唱团的朋友吗？"

"退团之后，就没见过了。你呢？"

"以前还会见面，这几年大家都忙，也少见面了。我们也谈起过你啊。你知道吧，很多女孩子都喜欢你，你以前长得胖胖的，很可爱。"

何祖康腼腆地笑笑。

"你要不要试试我们的蛋糕？"

"这些是什么蛋糕？样子很奇怪。"

"我们卖的是德国蛋糕，好像是香港唯一一家。"

"怪不得。"

"老板娘是从德国回来的香港人，嫁了一位德国丈夫，长得很帅的呢！他身材很高，大概有一米九吧？比你高出一个头。"

何祖康双手插着裤袋，尴尬地说：

"我就是属于短小精悍那一类。"

"你要吃什么蛋糕？"

"哪一种最好吃？"

"我喜欢洋葱蛋糕，如果你不怕有口气的话。"苏绮诗把蛋糕从玻璃柜里拿出来，说，"是用了大量洋葱和烟肉做材料的，很香。"

“哦，好吧，我就要这个。”

“你住在这附近吗？”

“不，我在这附近上班。”

“你做什么工作？”

“画漫画。”

“哪一本漫画是你画的？”

“我只是个助理，还没有自己的作品。”

苏绮诗把包好的蛋糕交给何祖康，问：“你现在要上班了吗？”

“我是刚下班，我们常常要熬夜的。”

“好吃的话，再来光顾。”苏绮诗微笑着说。

从店里走出来，蛋糕拿在手中，何祖康踏着轻快的步伐走在人行道上，口里一直哼着歌，那是他在儿童合唱团里常常唱的一支歌。那个时候，喜欢唱歌的妈妈，以为自己的儿子将会成为歌唱家，继承她未了的心愿，所以把他送到合唱团去。

那时他才七岁，苏绮诗跟他同年。她从小就长得很漂亮，他总爱偷偷地望她，她却不大搭理他。后来，她退团了，他以为再也见不到她。

"来吃蛋糕！"他回到漫画社。

"你不是已经走了吗？"靠在沙发上的余宝正，抬起疲倦的眼皮问。

"那家魔术用品店变成蛋糕店了。"他一边说一边打开蛋糕的盒子。

余宝正走过去瞧瞧那个蛋糕。"洋葱蛋糕，还是头一次见啊！咦？有烟肉的，你不是吃素的吗？"

"我买给你吃的。"

"为什么忽然对我这么好？"她一脸狐疑。

"我对你一向也不坏吧？你毕竟是我的救命恩人。"何祖康躺在沙发上，双手靠在脑后，望着天花板微笑。

"你笑什么？"余宝正问。她捧着一块蛋糕，坐到沙发的另一端。

"我算不算矮？"

"五英尺七英寸，也不算矮。"

"女人是不是都喜欢高大的男人？"

"那不是一个选择，只是一个偶然。我以前的男朋友也长得很高，那又怎样？不也是给我抛弃了吗？你的问题不是个子不够高，而是没有安全感。"她白了他一眼。

何祖康紧张地问："我是吗？"

余宝正点了点头。

"为什么？"

"那很难解释吧？狮子看起来很有安全感，而兔子却没有，这就是天性。"

"我怎么会是兔子？最起码也是一只山羊吧？"

余宝正笑了起来："你是熊猫才对。"

"熊猫有安全感吗？"

"没安全感也没关系，罕有嘛！"

何祖康脸上泛起笑容："说得也是。"

余宝正忽然说："我发现世上有两种动物是最容易由人假

扮的。"

"我知道！是米奇老鼠和唐老鸭。"

余宝正没好气地说："是熊猫和企鹅！站远一点看，真是绝对看不出来的啊。"

"你不要疯疯癫癫好不好？女孩子该要斯文一点才讨人欢喜。"

余宝正把何祖康从沙发上推到地上，说：

"你才是疯疯癫癫。"

掉在地上的何祖康，还是傻傻地望着天花板微笑。

第二天，何祖康又来到蛋糕店。

"那个洋葱蛋糕好吃吗？"苏绮诗问。

"哦，很好。"

"要不要试试马铃薯蛋糕，刚刚做好的，趁热吃最好。"

"好的，给我一个。"

"你真的很喜欢吃蛋糕。"

"我一个人可以吃下一个。"

"但是马铃薯的淀粉含量很高，会很饱的。"

"没问题。"

那天晚上，他一个人吃下了整个马铃薯蛋糕，肚子撑得像个皮球，却有一种幸福的感觉。本来以为永不相见的人，再一次在他的生活里出现，那不是机缘又是什么？

第二天，何祖康又买了一个香酥苹果蛋糕。他几乎每一天都会到蛋糕店去，有时会进去喝一杯咖啡。有时候，他会在蛋糕店正好关门的时候假装经过，那便可以跟苏绮诗一起在巴士站等车。有些时候，他只是偷偷地站在对面人行道上，看着她在店里忙碌的样子。

一天，余宝正跟他说：

"你最近好像胖了很多。吃素也可以吃得这么胖，可能是天生肥胖吧。"

"你才是！"

"你以前的女朋友，你还在挂念她吗？"

"关你什么事？"

"还想向你报告一下她的近况呢。"

"她怎么样？"

"最近有好几次都碰到她和教我们摄影的老师一起放学。那人很有型的。你是熊猫，人家是一匹骏马呢。"余宝正偷看他的表情。

何祖康耸耸肩膀："我们已经分开很久了。"

听见徐云欣跟另一个男人一起，何祖康难免有点不是味儿。大家已经是两个世界的人，也已经很陌生了。有风度的话，应该希望她幸福，可是，这一刻，他有一点酸涩的感觉。

这天晚上，何祖康经过蛋糕店的时候，蛋糕店已经关门了，他听到里面传来女孩子的哭声。他敲了敲那道门，苏绮诗来开门的时候，眼睛湿湿的。

"你没事吧？"他关心地问。

"你要进来喝杯咖啡吗？"她沙哑着声音问。

他走了进去，坐在咖啡桌旁边，说：

"还以为你已经走了。"

"我没地方去。"苏绮诗倒了一杯热咖啡给何祖康。

何祖康喝了一口，几乎呛到了："咖啡里好像有酒。"

"我在咖啡里加了肉桂和白兰地，我喜欢这种喝法。要不要给你换一杯？"

"不用了，这个喝法也不错。"

苏绮诗低着头喝咖啡。一阵沉默之后，何祖康首先说：

"你有没有发觉世上有两种动物是最容易由人假扮的？"

"哪两种？"

"你猜猜。"

"米奇老鼠跟米妮？"

"是熊猫跟企鹅！站远一点看，真是绝对看不出来的！"何祖康咯咯地笑。

苏绮诗终于笑了："你很幽默。"

"过奖！过奖！"

"你有女朋友吗？"

何祖康摇摇头。

"我一直在想，到底什么是爱情呢？"她哽咽着说。

"每个时候，都会有不同答案的。"

"爱情也许就是牵挂吧。即使分开了，你还是会牵挂着他。"

他的心，忽然难过地扯动了一下。

"你心里牵挂着别人吗？"他苦涩地问。

"他是我以前在时装店工作时认识的。那天，我在他家里的时候，他女朋友刚好走上来，撞见了我们。她走了出去，他也撇下我追了出去。"

"你不知道他有女朋友的吗？"

"我知道。他们在一起很多年了。我一直以为他会离开她。但是，那天之后，我知道不可能了。我看得出他很爱她，我永远也没法跟她比。"她说着说着哭了起来。

"不要这样。"他拍拍她的肩膀。

她的眼泪滔滔地涌出来："你可以帮我打电话给他吗？"

"我？跟他说什么？"他吃惊地问。

"你假装打错电话就好了，我只是想听听他的声音。"

"那好吧。我找谁呢？"

"随便找一个人吧。"

苏绮诗用免提话筒拨出了一个电话号码，那一头传来一个男人的声音。

"我想找余宝正。"何祖康说。

"你打错电话了。"对方说。

"哦，对不起。"何祖康把电话挂掉。

"再打一次可以吗？"苏绮诗求他。

她重拨一次电话号码。那一头传来那个男人的声音。

"我想找余宝正。"何祖康说。

"你到底打几号电话？你打错了。"对方说。

"哦，对不起。"何祖康挂断电话。

苏绮诗抹去脸上的泪水。"我现在好多了，谢谢你。"

她忽然问："余宝正是谁？"

"是我朋友。要不要我再帮你打一次？"

"不用了。"她感激地朝他微笑。

"喂！余宝正吗？"何祖康在街上打电话给余宝正，问，"你要不要去唱 K ？"

她在电话那一头说："我就在 KTV，只有我一个人，你要不要来？"

他们在 KTV 里唱了一整个晚上的歌。

"没想到你歌唱得不错。"余宝正说。

"我以前是儿童合唱团的。"

"儿童合唱团好玩吗？"

"嗯。那时候，团里有一个很漂亮的女孩子，我常常想保护她。"

"然后呢？"

"她离开了合唱团。她离开不久，我就变声了。一般男孩子都是在发育时变声的，我却在发育前变声，团长也觉得很奇怪。我由男高音变成男低音，只好退出。"

"会不会是她的离开令你的声音也变了？"

"现在想起来，也许是这个原因。"

"你还见过她吗？"

"她已经长大了，不用我保护。"他酸溜溜地说。

"那你保护我吧！如果不是我，你早就给炸死了。"

何祖康自顾自地唱着歌。音乐停顿的片刻，他听到余宝正的啜泣声。

"你为什么哭？"他愣住了。

"今天，我打电话给我以前的男朋友，看看他最近过得怎么样。因为，毕竟是我抛弃他的。可是他竟然对我很冷淡。"

"你并不是想知道他过得怎么样，你只是想听到没有你之后，他日子过得并不好。"何祖康说。

"谁说的？"余宝正无法否认，也不愿意承认。

"人就是这么自以为是。"

"他也用不着对我这么冷淡吧。"

"难道你还要他说很挂念你，哀求你回去吗？"

"难道你不会等一个你深爱的人回来吗？"

"我还没遇到我想等的人。"

"那即是说，你也会等吧？"

"等待是很个人的事，不一定要告诉对方。"

"你不说，她怎么知道呢？"

"有些事情，说出来便没意思了。"

她别过脸去，讪讪地说："什么都藏在心里，别人怎会知道？"

"你可以帮我打一个电话吗？"他忽然问。

"找谁？"

"随便找一个人好了。"

他拨出了电话号码，把话筒交给余宝正，然后把耳朵凑近话筒。

电话那一头，传来一个男人的声音。

"喂，我想找余宝正。"余宝正说。

何祖康气得嘴巴都张大了。

"你为什么找自己？"

"是你说随便找谁都可以的！"她捂着话筒说。

对方很不耐烦地说："为什么整天有人打来找余宝正！没这个人！"

余宝正挂了电话，惊讶地问何祖康：

"到底是怎么一回事？已经有很多人打这个电话找过我吗？"

"是我。"

"你为什么找我？"她忽然想到了，"你是想念我吗？"

何祖康拿起麦克风，说："我们继续唱歌吧。"

"我很累了，你唱吧。"余宝正蜷缩在沙发上。

"我知道你为什么常去买蛋糕了。"她揉揉眼睛说。

"为什么？"

"蛋糕店那个女孩子长得很漂亮。"

"我只是喜欢吃那里的蛋糕。"

"你最喜欢吃哪一种？"

"马铃薯蛋糕。"

"其实李子蛋糕更好吃。"

"你吃过吗？"

"酸酸甜甜的，味道很特别，德国人喜欢秋天的时候吃它。"她说着说着睡了。

不知道过了多久，余宝正醒来，看到何祖康就软瘫在她脚边睡着。她凑近他身边，静静地倾听着他的鼻息。她膝上的抱枕掉在地上，她弯下身去拾起来，戴在左手手腕上的一串银手镯碰撞在一起，当啷当啷地响。

他在蒙眬间问："什么声音？"

她摇摇手腕："昨天买的，好看吗？"

他喃喃地说："不错。"

因为怕吵醒他，她用右手握着左手手腕上的那串银手镯，看着再次沉睡的他，悄悄地呼吸着他的鼻息。

隔天，何祖康来到蛋糕店。

"今天想吃什么蛋糕？"苏绮诗微笑着问。

他在玻璃柜前面看了又看。

"平常不是很快可以决定的吗？"

他腼腆地笑笑。

她把一个蛋糕拿出来，蛋糕的切口处呈现树木的年轮状。

"这是年轮蛋糕，要这个好吗？"

"今天，你可以陪我一起吃吗？"

"好的。"

苏绮诗切了两块蛋糕，坐下来跟何祖康一起吃。

"这家店的名字为什么叫 Konditorei？"他问。

"这是德文，意思是以卖蛋糕为主的咖啡店。你去过德国吗？"

何祖康摇了摇头。

"常常听老板娘提起德国，我也想去呢。想去不来梅看看童话村。"

"那时我们差点有机会去德国表演。"

"可惜后来取消了。"

"你记得在儿童合唱团里唱过的歌吗？"

"我们唱过很多歌。哪一首？"

"你记得哪一首？"

"'Scarborough Fair'（《斯卡堡集市》）你记得吗？"

何祖康用力地点头："我记得。"他唱了起来："Are you going to Scarborough Fair? Parsley, sage, rosemary and thyme. Remember me to one who lives there...（你要去斯卡堡集市吗？欧芹、鼠尾草、迷迭香和百里香。代我向住在那里的人问好……）"

苏绮诗拍着手，跟何祖康一起唱。他们有多少年没唱这支歌了？他们微笑着，唱着童稚岁月的歌，唱着那个遥远的地方。

何祖康看着那个年轮蛋糕，幸福地笑了。

当他回到漫画社时，其他人都下班了。余宝正郁闷地两手支着头，面前放着一个马铃薯蛋糕。

"你回来啦！生日快乐！"余宝正说。

"你怎么知道我生日的？"

"他们说的，可是，他们都走了。"

"谢谢你。"他感动地说。

"是你最喜欢的马铃薯蛋糕。你打算怎样报答我？"

"你想我怎样报答你？除了我的人，什么都可以。"

"我才不要你的人。喜欢大眼袋的话，我不会养泡眼金鱼吗？"

"什么泡眼金鱼？"

"就是眼睛下面有两个超大眼袋的金鱼。我这阵子在帮表姐写一个广播剧，你有可以写的爱情故事吗？"

"我的故事都太可歌可泣了。"

他得意扬扬地躺在沙发上，双手放在脑后，望着天花板微笑。他已经吃过生日蛋糕了，而且还唱了生日歌，只是苏绮诗不知道今天是他的生日，唱的是一首毫不相干的歌。

"你去过德国吗？"他问。

"你想去德国？为什么？"

"我喜欢的人也喜欢德国。"他说。

"哦，是吗？是蛋糕店那个女孩子吗？"

他微笑不语。

余宝正苦涩地低着头吃蛋糕。

深秋降临的那天，何祖康带着小时候在儿童合唱团用的那本歌谱，满怀高兴地来到那条小路。

蛋糕店不见了，门上贴了一张歇业启事。

他早知道蛋糕店的生意不好，只是没想到它那么快消失了。苏绮诗为什么不跟他说一声呢？原来她心里并没有他。她是不是去了那遥远的德国？还是 Scarborough？

他本来是要和她重温儿时的歌，或许唱一遍他喜欢的"Today"（《今天》），那是一支离别的歌。

隆冬的日子，蛋糕店的邮箱塞满信件，卷闸门上贴满了招租广告，还有那张已经发黄残旧的歇业启事。这条小路，重又变得荒芜。

蛋糕店就像从前那家魔术用品店，倏忽地来，又倏忽消散，像梦幻那样，来不及道一声再见。它到底是否真的存在过？

Channel A

第 四 章

隔了一些年月，
从前的泪水都成了青涩岁月里珍贵的回忆，
就像她身上永恒的气息和灯泡里幻化的落日。

李传芳已经很久没来过这家首饰店了。这里卖的是少数民族风格的首饰，款式很别致，大部分是店主从外地搜购回来的。从前的店主是个泥土肤色、小个子，爱做吉卜赛打扮的女郎。店里的柜台上，恒常地放着几本外国的星座书。

　　李传芳走进去的时候，人面依旧，那位年轻女郎依然没有放弃她钟爱的吉卜赛打扮和耳垂上一双夸张的大耳环。

　　"你是双鱼座的吗？"女郎微笑问。

　　李传芳诧异地问："你怎么知道的？"

　　"星座书说我今天会遇到很多双鱼座的人。"女郎顿了顿，又说，"双鱼座今天还会大破悭囊呢。"

李传芳笑了笑，拿起一只刻了朴拙花纹的银手镯来看。隔着店里的落地玻璃，她看到对面一家意大利餐厅里走出一个人来。那个男人身上穿着白色的围裙，在街上伸了个懒腰。

　　她放下手上的银手镯，男人透过落地玻璃看到了她，脸上露出惊讶的神情。

　　"我下次再来。"李传芳跟女郎说。

　　女郎咕哝："哎，不是说双鱼座今天会大破悭囊吗？"

　　李传芳从首饰店走出来，对街的男人朝她微笑。

　　"老师！"她轻轻地喊。

　　男人带着腼腆的神色，说："很久没见了。"

　　"你为什么会在这里？"她问。

　　"你吃了午饭没有？"

　　李传芳摇摇头。

　　"进来吃点东西吧。"男人说。

　　李传芳跟着男人走进这家家庭式装潢，感觉很温暖的餐厅。

　　"你要喝点什么？"他问。

"随便吧。"

"Bellini（贝里尼）好吗？"

"什么是 Bellini？"

"是威尼斯著名的饮料，用桃子汁和有气泡的酒调成的。"

"嗯。"李传芳点点头。

男人在吧台调酒的时候，一个女孩子从厨房走出来，脱下身上的围裙，跟男人说："我出去了。"

当她看到李传芳的时候，她问男人："还有客人吗？"

"她是我从前的学生。"男人说。

女孩子跟李传芳点了点头，径自出去了。

男人把一杯 Bellini 放在李传芳面前，说："试试看。"

"谢谢你。她是你女朋友吗？"

"她是我妹妹。"

"哦。"李传芳尴尬地笑笑。

"今天的金枪鱼很肥美，吃金枪鱼意大利面好吗？"

"金枪鱼不是日本菜来的吗？"

"意大利人也爱吃金枪鱼的。我们做的金枪鱼会微微烤熟，味道最鲜美。"

"很想吃呢！"李传芳雀跃地拿起刀叉。

男人从厨房端出两盘金枪鱼意大利面来，说："这个本来是我的午餐。"

"这家餐厅是你的吗？"

男人点了点头。

"你不是在广告公司上班的吗？"

"两年前辞职了。我和妹妹从小到大都喜欢吃东西，她的厨艺很出色。那时候她也刚好辞职，我们便开了这家餐厅。"

"生意好吗？"

"好得很呢。"

"那不是很忙吗？"

"但我喜欢这种生活。味道怎么样？好吃吗？"

李传芳用餐巾抹抹嘴巴，说："很好吃呢！"

"面条是我们自己做的。你刚才是想买首饰吧？"

"哦，我只是随便看看，有朋友在店里买了一串银手镯，很漂亮。"

"找到喜欢的了吗？"

李传芳摇了摇头："我戴首饰不好看。"

男人微窘，问："你是在念大学吧？"

"我没考上大学，现在在美专念设计。我的成绩一向不好。"

"念设计也不错啊！"

"老师——"

"嗯？"

"你还是一个人吗？"

男人微笑着，啜饮了一口 Bellini。

她凝望着他。三年没见了，他依然拥有笃定的眼神，好像遗忘了光阴的流转。

那时候，她在一所夜校念中四。教数学的老师辞职了。那天晚上，新的老师会来上课。李传芳跟其他同学在课室里等着，她没有太大的期望，她的数学成绩一向很糟，也不被数学老师喜欢。

　　然而，杜一维把这个定律改变了。他捧着课本走进来的时候，害得她的心扑通扑通地跳。他很年轻，像是个刚刚毕业的大学生。高个子配上一个接吻嘴，笃定的眼神里有一种童稚的天真，让人很想亲一下。

　　她双手托着头，被他深深地吸引着。

　　学校靠近山边，那天的黄昏好像特别悠长，天际犹有一抹夕阳的余晖。

　　"今天的落日很漂亮。"杜一维说。

　　班上有同学说："可惜落日很快就会消失了。"

　　"我们可以制造自己的落日。"杜一维说。

　　然后，他问："你们知道怎样制造出来吗？"

　　班上的同学都在摇头。

　　"你们回去想想，我明天把答案告诉你们。"杜一维神神秘秘地说。

　　自己的落日？李传芳压根儿就没想过。夜里，她在一张画纸上画了一抹落日，然后笑了笑，不可能这么简单吧？

第二天上课的时候，杜一维问："你们想到了没有？"

课室里一片静默。

杜一维走到学生中间，从提包里拿出一个灯泡、一个电插座、一个杯子、一瓶水和一盒牛乳来。

灯泡驳上电源发亮了，杜一维把水倒进杯子里，在水里加进几滴牛乳。

学生们围在他身后。这个时候，杜一维透过杯子看灯泡。从杯子里看到的灯泡，竟然是橙红色的，像一轮落日染红了天边。他身边的学生起哄，抢着拿杯子来看落日。

轮到李传芳了。看完那一轮奇妙的落日，她透过杯子，偷偷凝望着杜一维，想象她和这个会制造落日的男人之间的无限可能。

因为有了他，从此之后，落日有了另一种意义。每天落日之后，才是一天的开始，她可以在课室里和他度过一段短暂而愉快的时光。

为了把这段时光延长，李传芳会故意在下课之后留下来问功课。偌大的课室里，常常只有他们两个人，身体靠得很近。有生以来，她第一次感到需要有一种属于自己的香味，一种能够唤起爱情的香味。

她从来没涂过香水，那天，她在百货公司里买了一瓶 Nina Ricci（莲娜丽姿）的 L'Air du Temps（比翼双飞）。淡淡的玫瑰和栀子花香，配上磨砂玻璃瓶，瓶嘴是一对比翼同飞的鸽子，美得像艺术品。

那个黄昏，香水洒落如雨，滴在她赤裸的身上。那股香味在空气和她的皮肤上流连，散发着一种悠长的气息。她第一次感到自己长大了，有了属于女人的气味。

课室里只有她和杜一维，她的身体跟他靠得很近。对于她身上的味道，他却似乎无动于衷。她故意拿起一本练习簿扇风，香味随风飘送到他的鼻孔里，连她自己都已微醺，他还是不解风情地教她做练习。

"老师，你白天做什么工作？"她问。

"我在广告公司上班。"

"你为什么会来夜校教书？"

"也许是想体验一下生活吧。你呢？你白天在哪里上班？"

"我没工作。老师，不如你给我一张名片，我可以去广告公司找你吃午饭。"

"你应该利用白天多做一些练习。"他把一沓练习簿放在她面前，一本正经地说。

她失望地用手支着头，看着他那管挺直的鼻子，很想用手指去戳一下，看看是不是坏了。

"老师，那个落日是怎样做出来的？"她问。

"有些事情，说穿了便不好玩。"杜一维说。

"老师，你有女朋友吗？"她忽然问。

他微笑不语。

她的脸涨红了，没想到自己会问得那么直接。这到底是什么香水？唤起的竟只是自身的欲望。

后来有一天，放学的时候，她在学校外面看到杜一维的背影，她正想走上前叫他的时候，忽然听见当啷当啷的声音，一个长发的女孩子站在对街，正向杜一维挥手，当啷当啷是她手上那串银镯互相碰撞的声音。她身上挂着很多饰物，有项链、耳环，还有好几枚戒指。杜一维跑了过去，女孩子的手亲昵地穿过他的臂弯。

李传芳悄悄地跟在他们后面，那个女人的笑声很响亮，身上的饰物又吵，她听不到他们说些什么。

她跟踪他们来到一家开在小巷里的首饰店。她站在对街，隔着落地玻璃，看到女人挑了一对耳环戴在耳垂上，朝杜一维微笑，好像是征求他的意见。杜一维用手轻轻地揉她的耳垂，很甜蜜的样子。

她幽幽地离开了那条小巷。那个晚上，她抱着杜一维给她的数学练习簿，缩在被窝里饮泣。练习簿上残留着他的气息，是教人伤心的气息。那个女人有什么好呢？身上挂着那么多首饰，俗气得很。她恨杜一维的品位。

从此之后，她没有再留下来问功课。下课之后，她总是第一个离开课室的。

一天，在学校的走廊上，杜一维关切地问她："你没什么吧？"

她轻松地笑了笑，其实想哭。

她想，他还是关心我的吧？

一天晚上，杜一维迟到了很久。他进来课室的时候，神情憔悴，没精打采。

放学之后，她跟在他后面。

"老师——"

"什么事？"他回过头来，眼神有点茫然。

"我们一起走吧。"她默默走在他身边。

他们走过一个小公园，蟋蟀在鸣叫，她嗅到他身上颓唐的气息。

"你女朋友今天没有来等你放学吗？"她问，然后说，"前阵子我见过她在学校外面等你。"

"她走了。"悲伤的震颤。

"为什么？"

他倒抽了一口气，没有回答。

"你不打算把她找回来吗？"

"她去了很远的地方。"

"她会回来的概率是多少？"

杜一维凄然笑了："没法计算。"

"你可是数学老师呢。"

"如果有负概率的话，也许就是负概率吧。"他哀哀地说，"或者，等你长大了，你可以告诉我，女人到底想要些什么。"

她不甘心地说："我已经长大了，没你想的那么幼稚。"

"是吗？对不起。"他咬咬嘴唇说。

她踮起脚，嘴唇印在他两片嘴唇上。

他惊诧地望着她。

"老师，我喜欢你。"颤抖的嗓音。

他眼含泪花，紧紧地搂抱着她。她闭上眼睛，嗅闻着长久渴望的气息。

他开始不刮胡子、不修头发，笃定的眼神变得迷惘。她以为她的爱会使他复原，可惜，她的存在只能让他无动于衷。

那天晚上，她约了他在街上见。她身上挂满了首饰：耳环、项链、手镯、戒指，还有脚镯。

她走到杜一维身后，轻轻地拍了拍他的肩膀。他回过头来，诧异地望着她。

她站在那里，娇羞地微笑着。

"你为什么穿成这样？"他生气地问。

她没想到他会这样，嗫嚅着说："不好看吗？"

"谁叫你戴这么多首饰？"他的语气像盘问犯人似的。

"我……我……"她结结巴巴地说不出话来。

"你很难看！"他毫不留情地说。

她羞愧得眼睛也红了。

杜一维怒冲冲地走了。她跟在后头，问："你要去哪里？"

"你回去吧。"他说。

"你不是喜欢这种打扮的吗？"她哭喊着。

他走下一道长长的楼梯。她死命跟着他，身上的首饰互相碰撞，当啷当啷地响。

"她都不爱你了，为什么你还不肯忘记她？"她哭着说。

他在楼梯下面站定，回过头来，难过地说：

"爱人是很卑微的。"

"这个我知道。"她的眼泪滔滔地涌出来。

"你走吧。"他说。

她摸摸耳垂上的一只耳环，伤心地问：

"你是不是觉得我像个小丑？"

他摇了摇头："你只需要成为你自己。"

她默默无语。

他叹了一口气，说："我和你是负概率的。"

她站在楼梯上，望着他的背影没入灯火阑珊的路上。

从此以后，她不再戴任何饰物。

今天来到这家首饰店，竟好像是时光的召唤。也许，她并不是想买首饰，只是想重寻昔日的自己。没想到的是，重遇了青涩岁月里曾经爱恋的人。

她啜饮着 Bellini，问杜一维："她知道你在等她吗？"

"她走的时候，我没说过我会等她。"

"你没说，她又怎会知道？"

"有些事情，说得太清楚便没意思了。也许有一天，她也会像你今天这样，偶然在外面经过。"

李传芳恍然明白了："所以你的餐厅开在她喜欢的首饰店对面？"

"首饰店的主人刚才有没有说你是双鱼座的？"他问。

"你怎么知道的？"

"每个走进店里的客人，她都会说人家是双鱼座的，从前也是这样。"

"但我的确是双鱼座。"

杜一维笑了笑："她每次都会有十二分之一的机会说对。"

"她为什么不说别的星座？"

"也许，她在长久地等待一个双鱼座的人出现吧，说不定是她的旧情人。"

　　然后，他告诉她："这家餐厅以前是一家文具店，也卖昆虫的标本。"

　　"是吗？我倒没留意。"

　　"我小时很喜欢搜集标本。"杜一维说。

　　她想，现在问杜一维落日是怎样制造出来的，他会告诉她。然而，有些事情，说穿了便没意思。那天的落日，不如就当作一种法术吧。她也不要知道是怎样变出来的。

　　离开餐厅的时候，李传芳突然记起三年前的那天，她在首饰店里买了一大堆首饰，开心地模仿着别人，以为这样会换到爱情。当她走过马路的时候，手上的背包掉在地上。她匆匆弯身拾起背包时，瞥见路边有一家文具店，橱窗上放着斑斓的蝴蝶标本。

　　三年来，许多事情改变了，没有改变的是她今天在身上洒了 Nina Ricci 的 L'Air du Temps，她决定一辈子只用一种香水，将之变成一种专属于自己的商标。

在最后一抹夕阳的余晖里，她一个人走在路上。隔了一些年月，从前的泪水都成了青涩岁月里珍贵的回忆，就像她身上永恒的气息和灯泡里幻化的落日。

Channel A

第 五 章

人做了一个决定之后，
总是会怀疑另一个决定会不会更好。
可是，谁又知道呢？

一个深夜，女孩在二十四小时漫画店里重遇男孩。

"你在看哪一本漫画？"女孩问。

男孩说："《神的刻印》。"

"画功很精彩呢。"

"嗯。你呢？你看的是哪一本？"

女孩扬扬手上的书，说："是《夏子的酒》。"

"好看吗？"

"还没开始看呢。"

"嗯。你常来的吗？"男孩问。

"这家店才开了几天，怎会常来呢？我是头一次来。你呢？"

"我也是。"男孩说。

"我看过你画的漫画，很好呢。"女孩说。

"主笔不是我，我只是个助理。"

"也很难得啊。前些时候看报纸，你的漫画社被人放了炸弹，是吗？"

"嗯。"男孩点点头，"那枚炸弹就放在我旁边，幸好发现得早，否则，你现在遇到的，可能是一个鬼魂，假如我们还会相遇的话。"

"你的眼袋好像更大了。"

"是的，像泡眼金鱼。"

男孩腼腆地站着。终于，女孩说：

"我走了。"

"哦。"男孩落寞地点了点头。

临走的时候，女孩忽然回头说：

"如果你想找我的话，我的电话号码还是跟从前一样，是25280364。"然后，她又重复一遍，"25280364。"

徐云欣错愕地坐在床边，重逢的那天，并不是这样的。她家里的电话号码已经改了。

四天前的一个晚上，徐云欣拧开收音机，无意中听到夏心桔的节目正在播放这个短剧。她听着听着，这个故事跟她的故事何其相似？起初，她以为只是巧合，可是，听了五天，两个故事的细节或许有点不同，结局也修改了，大纲却是一样的。

徐云欣拿起话筒，拨出剧中女孩所说的电话号码。铃声响了很久，接电话的，是个女孩子。她听到那边的电话声此起彼落，接电话的女孩正忙着接其他电话，徐云欣把电话挂断了。

有那么一刻，她以为接电话的会是何祖康。

那一年，徐云欣参加一个漫画比赛，拿了第五名。颁奖礼在尖沙咀 Planet Hollywood（好莱坞星球）举行。拿到第一名的是钟永祺，第二名是何祖康。他们三个年纪差不多。钟永祺架着一副近视眼镜，穿得很整齐。何祖康穿一条破烂的牛仔裤和一双肮脏的球鞋，神情有点落寞。他有一双很大的眼袋，苍白而带点孩子气。

颁奖礼之后有自助餐，她一个人在那里挑食物，钟永祺走到她身边跟她搭讪。

"你的画很漂亮。"钟永祺说。

"哪里是呢。根本不能跟你比。"

"你学过画画吗？"

"小时候学过素描。你呢？"

"我四岁开始跟老师学西洋画。"

"很厉害耶！"

"画漫画只是玩玩的。"钟永祺说。

跟钟永祺聊天的时候，徐云欣的眼睛却是盯着何祖康的。何祖康在她身边挑食物。他好奇怪，他只是挑人家用来伴碟的东西吃，譬如龙虾旁边的西红柿和杧果、烤鸡旁边的青椒，还有烤鸭旁边那朵用红萝卜雕成的玫瑰花。

何祖康独个儿坐下来，吃那朵玫瑰花吃得津津有味。徐云欣忍不住偷偷笑了。

何祖康朝这边望过来，徐云欣装作很热情地跟钟永祺聊天，她是故意引他注意的。

"不如我们交换电话，改天约出来见面。"钟永祺说。

"好的，我写给你。"

她把电话号码写在钟永祺的记事簿上。

徐云欣偷偷瞄了瞄何祖康，他还是满不在乎地啃他的玫瑰花。

不知什么时候，何祖康走过来了。

"我想要你的电话号码。"他的脸红彤彤的。

"写在哪里？"她问。

他身上什么也没有，只得伸出一只手。

"写在这里？"徐云欣问。

何祖康点了点头。

徐云欣把电话号码写在他手心里。

"你喜欢打羽毛球吗？"旁边的钟永祺问徐云欣。

"喜欢。"徐云欣说。

"那我们改天去打羽毛球。"钟永祺说。

何祖康站在旁边，双手插着裤袋，眼睛望着自己双脚，有点寥落的样子。

"你最喜欢哪个漫画家？"徐云欣问钟永祺。其实，她是想问何祖康。

"池上辽一。"钟永祺说。

"安达充。"何祖康说。

"我也是喜欢安达充。"徐云欣说。

何祖康笑了笑，很得意的样子。

徐云欣离开 Planet Hollywood 的时候，外面正下着大雷雨。

"我们一起坐车好吗？"钟永祺提议。

他们上了一辆巴士，徐云欣挤在下层。巴士离开车站的时候，她看到没带雨伞的何祖康站在街上，他也看到了她和钟永祺。她想，雨这么大，会不会洗去她写在他手心里的电话号码？

也许真的被雨洗去了。何祖康一直没有打电话给她。她和钟永祺出去过几次。钟永祺读书的成绩很好，画的画漂亮，同时也是学校的羽毛球代表队选手、银乐队[1]成员和领袖生。

他永远是自信满满的样子，徐云欣有什么功课上的难题，都可以请教他。他总是那么热心地帮助朋友。他很健谈，跟他在一起，有说不完的话题。

一天，钟永祺送了一张油画给她。

"是我四岁的时候画的第一张画。"钟永祺说。

画中是一片美丽的星空。她简直不敢相信这是一个四岁小孩子画的。四岁那一年，她还在家里的墙壁上涂鸦。

"这么珍贵的东西，为什么要送给我？"

钟永祺腼腆地说："因为珍贵，所以才送给你。"

徐云欣把那张油画放在床头。渐渐地，她有点喜欢钟永祺了。

一天晚上，她接到一通电话，是何祖康打来的。

"想约你去打羽毛球，去不去？"他的语气，听起来像下一

---

[1] 银乐队，即香港警察乐队。

道命令。

"去。"她好像也没法拒绝。

打羽毛球的那天，她才知道他的球技那么糟糕。他发球几乎都失手，接球也总是接不住。

离开体育馆的时候，已经天黑了。她问：

"既然你不会打羽毛球，为什么约我打羽毛球？"

他窘困地说："因为他也约你打羽毛球。"

那一刻，徐云欣心都软了。他们两个人，一直低着头走路，谁也没说话。来到一个围了木板的建筑地盘，何祖康从背包里拿出一罐喷漆来。

他问徐云欣："想不想画图画？"

"给警察看到，会把我们抓到警察局的。"徐云欣说。

何祖康没有理会她，拿着喷漆在木板上涂鸦。

"不要！"徐云欣在旁边焦急地说。

何祖康笑笑，从背包里掏出另一罐喷漆，塞在徐云欣手里，说："我只是美化环境。"

何祖康在木板上喷出了一张抽象画，他望望徐云欣，说："你不敢吗？"

"谁说的？"徐云欣也学着何祖康用喷漆在木板上画画。

"为什么颁奖礼那天，你只吃伴碟的菜？"徐云欣问。

"我是吃素的。"何祖康说。

"为什么会吃素？"徐云欣感到诧异。

"因为家里是吃素的，所以我从小已吃素。"

"怪不得你那么瘦。"

何祖康举起手臂说："虽然吃素，但我也是很强壮的。我们是鸡蛋牛奶素食者。"

"即是可以吃鸡蛋和喝牛奶？"

"所以，我最爱吃蛋糕。"他用喷漆在木板上喷了一个圆形的蛋糕。

当他们忘形地涂鸦的时候，徐云欣瞥见一个警员不知什么时候已经站在他们身后。她连忙拍拍何祖康的肩膀。何祖康转过头来，吓了一跳。

那个男警却微笑说：

"你们两个画得不错，说不定将来会成为画家。"

然后，他转身离开了。

"多么奇怪的一位警察。"徐云欣嘀咕。

"他可能是一位艺术家。"何祖康说。

"对不起，这张画还是还给你吧。"在公园里，徐云欣把钟永祺送的画还给他。

"为什么？"震颤的声音。

"你应该把它送给别的女孩子。"

"为什么？"

"我不适合你。"

"为什么？"钟永祺强装镇定。

"我和他在一起比较开心。"

"是何祖康吗？"

徐云欣点了点头，说："我和他是同类。"

"他只是要逞强。"钟永祺恨恨地说。

徐云欣替何祖康辩护："他不是这种人。"

她知道何祖康不是这种人。会考落败的那天，他们在公园里相拥着痛哭。她知道，他们才是同类。何祖康进了漫画社当助理，徐云欣被家人迫着重读中五，那是一所位于清水湾的寄宿学校，只有在假期可以出去。她不肯去，宁愿到蛋糕店工作。在那里上班，她每天可以带蛋糕给何祖康吃。

可是，他最喜欢吃的是日本"文明堂"的蜂蜜蛋糕，那得去铜锣湾的三越百货才能买到。每次发了薪水，她就会去买给他。

"将来你想做什么？"秋天的公园里，她依偎着他。

"成为漫画家。"他说。

"你的第一本漫画书，会送给我吗？人家的书都是这样的，第一页上面写着：献给某某某。"

"嗯，好的，献给我亲爱的徐云欣。"何祖康说。

她倒在他怀里，有片刻幸福的神往。

她以为这个男孩子将要引渡她到永恒的幸福。后来，他却开始嫌弃她，总是在她身上找碴。那天，外面下着大雷雨，她在他家里看漫画。他说："我要赶稿，你回去吧。"

"我在这里陪你好吗？"她可怜兮兮地说。

"你还是回家吧。"

"我不会碍着你的。对了，我去买蜂蜜蛋糕回来一起吃好吗？"

"随便你吧。"

她撑着伞出去买蛋糕。当她带着蛋糕回来的时候，全身都湿透了，却不见了他。

等到午夜，何祖康叼着一根牙签回来。

"你去了哪里？"她问。

"有朋友找我出去吃饭。"他避开她的目光。

"是女孩子吧？"她恨恨地问。

他没有回答。

"最近常常有女孩子找你！"

他没有说话。

她把那个蜂蜜蛋糕狠狠地扔在地上，哭着说："你为什么要这样对我！"

他沉默。

"你和我一起，是为了逞强的吧？"

他蹲下来，想要松开脚上球鞋的鞋带。

"既然不喜欢我，为什么又要跟别人抢！"她坐在地上，扯着他的鞋带不放。

他只好去松开另一只鞋的鞋带，可是，她又用空出来的一只手扯着那只鞋的鞋带不放。

她双手扯着他的鞋带啜泣，他的鞋带被她扯着，被迫坐在地上陪她。

"你根本不爱我！"她呜咽。

"你会找到一个比我好的人。"他说。

"但我不会再买蜂蜜蛋糕给他吃。"她说。

多少年了，她没有再买过蜂蜜蛋糕给她身边的男孩子吃。

后来有一天早上，她在 Starbucks 里遇到钟永祺。他正在买外卖咖啡，她啜饮着一杯杧果味的 Frappuccino（星冰乐）。

她主动上前叫他。

"很久不见了。"

钟永祺有点诧异。

"你好吗？"她问。

"你呢？"

"我在美专念书。"

"是吗？我考上大学了，念建筑。"他的头微微向上抬了一下，好像是向她炫耀。然后，他问："你男朋友呢？那个大眼袋——"

"我们分手了。"她说。

他一副幸灾乐祸的表情，说：

"是吗？真可惜。"

她站在那里，很是难堪。是的，他有权侮辱她，谁叫她那么笨，在他和何祖康之间选择了何祖康？

"我要走了。"钟永祺说，"我女朋友在外面等我。"

她看着钟永祺拿着两杯外卖咖啡走出去。一个短发、穿牛仔裤，手里拿着几本书的女孩子在外面等他。他们是大学同学吧？才不过几年光景，钟永祺过的是另一种生活。

当天晚上，她在家里接到一通电话，是钟永祺打来的。

"你的电话号码还是跟从前一样吗？我打的时候，还担心已经改了。"钟永祺说。

"不，没有改。你找我有什么事？"

"可以出来见个面吗？"

"我家附近有一家拉面店，我们在那里见面吧。"

"今天很对不起，我不该用那种态度跟你说话。"吃面的时候，钟永祺说。

"你是不是仍然恨我？"

"只是当年输给了他很不甘心。但是，我没权怪你。"

"男人是不是都爱逞强的？"

"男人是没有游戏的，只有比赛。"

"你们不觉得这样很残忍吗？"

他抱歉地点点头："可是，这是天性。"

"哦，我明白了。"

"希望你不要怪我。"

"是有一点的啊。今天早上让你占了上风，我是准备出来把你痛骂一顿的。不过，既然你道歉了，那便算了。你跟你女朋友是同学吗？"

"不是同一所大学的。"

"看起来很般配的样子啊。"

他腼腆地笑笑。

望着钟永祺，她想，假如当年选择了他，她的际遇是否会不一样呢？

后来有一天，她放学的时候，看到那天和钟永祺一起的女孩子跟一个男孩子手拉手散步，两个人很亲昵，像一对情侣。那个男孩子不就是隔壁班的王日宇吗？

钟永祺的女朋友，不止一个男朋友吧？

原来，钟永祺也不见得比她幸福。

可是，她并没有幸灾乐祸。让她再选择一次，她还是会选择何祖康。人做了一个决定之后，总是会怀疑另一个决定会不会更好。可是，谁又知道呢？

那天下课后，在美专的走廊上，同学们都在讨论她的故事；当然，他们并不知道那是她的故事。徐云欣听说，剧本是余宝正写的。那天晚上，最后一集播完之后，很多人去打女孩说的那个电话号码，那其实是漫画社的电话。

谁又会想到这个城市里有那么多寂寞的人？

她走到余宝正跟前，告诉她：

"在漫画店里再见到他的时候，我的电话号码已经改了。"

余宝正惊讶得说不出话来。徐云欣瞄了瞄站在余宝正旁边的王日宇，朝他笑了笑。王日宇不太明白她的意思。她根本不需要他明白。

那天在二十四小时漫画店里，徐云欣低下头，无意中发现何祖康脚上的球鞋是没有鞋带的，是用魔术贴的那种。

"你不穿有鞋带的球鞋了吗？"她问。

他耸耸肩膀，说："穿这种球鞋，不会给扯着鞋带。"

一阵沉默之后，她终于说："我走了。"

她转身的时候，他忽然在后面喊：

"你——"

她回过头来，等他说话。

"没什么了。"他腼腆地说。

她的电话号码是上星期才改的。四年来，她搬家三次了，一直留着旧的电话号码，刚刚改了，却跟四年没见的他重逢。

假如他今天晚上问她："你的电话号码还是跟从前一样吗？"她会微笑，把新的号码写在他的手心里。只是，他终究没有问。

他可有像戏里那样，期待她开口，甚至修改了原本的结局？在他犹豫的目光里，可有过思念和愧疚？

Channel A

第 六 章

初恋的美丽在于
我们从没想过它或许会有消逝的一天。

Channel A 节目里，正播放着爱情短剧的最后一集。

男孩腼腆地站着，终于，女孩说：

"我走了。"

"哦。"男孩落寞地点了点头。

临走的时候，女孩忽然回头说：

"如果你想找我的话，我的电话号码还是跟从前一样，是25280364。"然后，她又重复一遍，"是25280364。"

徐洁圆坐在出租车里，抱着自己两条胳膊。所有的重逢，都是这样美丽的吗？所有的离别，却总是教人唏嘘。这天晚上，她刚刚从谢师宴回来。几年来，她以为自己已经习惯了。

学生们与老师最后一次欢聚，明年，又有一批新的学生要离开。这些学生都跟她相处了好几年，像朋友一样，然而，无论多么投契的朋友，多么要好的师生，也要各奔前程。起初的时候，大家偶尔还会相聚，后来，便各自有了新的生活，忘记了旧的。

车子停下，她走出车厢，进了公寓。

走出电梯的时候，她听到响亮的音乐，不是已经跟他说过很多遍，不要把音乐声调得太大的吗？他总是不听。

她把钥匙插进匙孔，门开了，眼前的一切却叫她哑然吃惊。符杰豪和一个女孩亲昵地坐在客厅那张宽沙发上听音乐，那个女孩子把一条腿搁在他的大腿上。他们看到她，慌乱地分开了。

她难以置信地望着符杰豪，他窘迫地问："你为什么会来？"

她泪眼模糊，整个人在颤抖。那个女孩难堪地垂下头。

"对不起，打扰了你们。"徐洁圆恨恨地把门关上，逃离那座公寓。

"洁圆！"符杰豪追了出来，拉着她，"你听我解释。"

"还有什么好解释的？"她悲伤地饮泣。

她认得那个女孩子，那是他店里的职员。前阵子，王亮怡告诉她，在街上碰到符杰豪跟一个女孩子态度很亲昵，她还一口咬定王亮怡看错了。

"你和她开始了多久？"她凄然问。

他无辜地望着她，仿佛他是无辜的。

"你说呀！"

他还是那样望着她，而他明明不是无辜的。

她哭着说："我为你牺牲了那么多，你为什么要这样对我！为什么！"

他的脸一瞬间由无辜变成愤怒，回嘴说："你就是这样！你一直都觉得在为我牺牲，你一直都觉得委屈！"

"我不是！"她为自己辩护。

他冷冷地说："你觉得我配不起你，你是这样想的！"

"对不起，我不是这个意思。"她哭着说。

他还没有说过一句道歉，为什么反而是她道歉呢？

"算了吧！我根本配不起你。"他丢下她走了。

今天晚上，学生们送给每位老师一盒 Baci（芭喜）巧克力，小小的一个圆形盒子，包装很漂亮。他们说，每一颗巧克力里面都藏着一张签语纸，能够占卜命运。这种巧克力在外面很难找到，只可以在机场买到，是其中一位女生托她在机场工作的哥哥买的。

她本来是打算一个人回家的，忽然很挂念符杰豪，很想和他分享这盒巧克力，所以来到他的公寓，准备给他一个惊喜。没想过她看到的，却是她的爱情遭到残忍的背叛。

昨天，他们才一起去看房子呢。

这是他们多年来的梦想。她大学毕业的那天，他说："我将来要买一座房子给你。"

她说："我们一起储钱。"

"不，不要用你的钱。"他坚决地说。

她以为那个梦想快要实现了，却原来比从前更遥远。

她和符杰豪是中三的时候同班的，他人很聪明，就是比较爱玩，跟爱静的她很不一样。

后来，她考上大学，他考不上。他们身边的朋友都不看好这段感情。新生选科的那天，王亮怡就跟她说：

"你和符杰豪以后要走的路也不一样了。"

那个时候，她坚定地相信这段感情能够经得起一切的考验。用学历去评价一对男女，未免太肤浅了。

他们那所中学附近有一家日本拉面店，读书的时候，她和符杰豪常常去。大学开学的前一天晚上，符杰豪和她在那家拉面店里，各自叫了一碗叉烧面。她把碗里的叉烧夹到他的碗里，只留一片给自己。

符杰豪一直低着头吃面。

"怎么啦？"她逗他。

"进了大学之后，你会认识很多男孩子的。"他幽幽地说。

她笑了："你吃醋吗？"

他讷讷地不说话。

"你的工作也会让你遇到很多女孩子。"她说。

"我不会喜欢别的女孩子。"他的语气是那么肯定。

"我也不会爱上其他男孩子。"她用同样的许诺回报他的深情。

符杰豪进了一家时装连锁店当店员，虽然每天的工作时间很长，他晚上还是自修，准备再考大学。

大学里，不是没有男生追求她，可是都给她一一拒绝了。渐渐地，大家都知道她有一个很要好的男朋友，不会再来碰钉。

第二年的大学入学试，符杰豪落败了。

"我决定放弃。"他在那家拉面店里跟她说。

"为什么不再试一次？"她问。

"其实，不上大学也没关系。"他耸耸肩膀说，"很多名人也没上过大学，他们不也一样很成功吗？只要你不嫌弃便好了。"

"你疯了吗？说这种话。"

他笑笑："我说笑罢了。告诉你一个好消息，我下个月会升主管。"

"真的吗？"

"嗯。我好像是有史以来升职最快的一个，店长很赏识我。"

"那么，你要努力啊。"

"你也要努力读书。"

"知道了。"

"下学年开始，你不要再替人补习了。"他说。

"为什么？"

"我帮你交学费好了。"

"你的负担太重了，我补习并不辛苦。"她怜惜地说。

"不，这才是我的奋斗目标。"他紧紧地握住她的手，说，"面凉了，快点吃吧。"

这种日子，若能够一直过下去，那该有多好？

她守住一个盟誓度过她的大学生活，他也守住一个盟誓等她毕业。

到她毕业的那天，他已经是两家店的店长了。

这一刻，她在举行毕业典礼的礼堂外面等他。一辆日本跑车在她跟前停下，那刺眼的红色在烈日下使人目眩。符杰豪从车上走下来。

"这车子是谁的？"她问。

"我刚刚买的。虽然是二手车，但有八成新。"他兴奋地说，然后小心翼翼地用自己的衣袖揩去引擎罩上面的一点尘埃，回头去问她，"你喜欢吗？"

"为什么是红色的？"她问。

"红色才抢眼！"

她的同学都围了上来看这辆新车，其中还包括王亮怡。符杰豪像个威风的主人，站在他的车子旁边，接受别人羡慕的目光。

"这车子是新的吗？"王亮怡问。

"对啊！刚刚出厂的。"符杰豪说。

毕业典礼之后，她在车上问他："刚才你为什么告诉王亮怡这车子是新的？"

"王亮怡这种人，眼睛长在额头上，如果我说这车子是二手的，谁知道她会怎么说？"

"她不是那种人。"

"当时她不是说我们以后走的路不一样吗？"

"那句话，你一直记到现在吗？早知道我就不告诉你了。"

"她常常以为大学生高高在上，她能够考上大学，不过因为幸运罢了。"

"你别这样说她。"

"你为什么老是站在她那边？我才是你男朋友呢。"

她气得低着头不说话。良久的沉默过去之后，他伸手去摇她的膝头，逗她说："今天是你大学毕业，你想去哪里庆祝？"

"我什么地方也不去。"她噘着嘴说。

"你看你，都快要当老师了，还像个小孩子似的，你的学生不欺负你才怪。"

"他们要是欺负我，我便告诉你，由你帮我出头。"她说。

"这个当然了，除了我，谁可以欺负你？"

她扑哧一笑，说："你赚钱很辛苦的，不要乱花钱了，这辆车子也不便宜。"

"你说话的语气已经像老师了。"他朝她微笑。

她在一所男校教英文，王亮怡在杂志社当编辑，几年里换了几家杂志社，工作不算如意。

符杰豪现在已经是时装店的分区经理，他的工作愈来愈忙，应酬也愈来愈多。

那个星期天的下午，徐洁圆来到他的公寓，他还在床上睡觉。她溜进他的被窝里搔他的胳肢窝，说：

"还不起床？"

他一边笑一边说："昨天晚上打麻将打到三点钟，很累呢。"

她把鼻子凑到他头发上，嗅到一股难闻的烟味，咕哝着："又是跟那些分区经理一起吗？"

"我摸了一铺双辣！"他兴奋地说。

她一头雾水："什么是双辣？"

"总之是赢！"他抱着她，说，"我要送一份礼物给你。"

她搂住他的脖子，说："你就是我的礼物，我什么也不要。"

"你毕业的那天，我不是说过要买房子给你的吗？"他从抽屉里拿出一份银行账户的结单给她看，说，"我已经储够首期了，明天开始，我们去找房子。"

那一刻，她以为人生的幸福也不过如此。

可是，在梦想快要实现的时刻，她才惊觉眼前人已经改变了许多，仿佛是她不认识的。

从找房子那天开始，他们已经不知吵过多少遍了。她希望房子不要太贵，宁愿地方小一点，负担没那么沉重。然而，符杰豪却总想买半山区的房子，虽然他口里不说，但是她知道他想住到半山，因为他有些同行也住半山，而她和符杰豪的同学之中，虽然也有人买了房子，却还没一个买得起半山的房子。

后来有一天晚上，他们中学同学会聚餐，符杰豪喝了几杯红酒之后，开始高谈阔论：

"我手下有好几个大学生，连英文都不行呢！香港教育制度不知怎么搞的，花了纳税人那么多钱，却为社会制造出一批三流人才。我老板只读过几年书，拍他马屁的，全是大学生。那些所谓大学毕业的女生，还不是要跟男人上床来向上爬？我在这一行看得太多了。"

王亮怡首先沉不住气，说："不是所有大学生都是这样的。"

他指着王亮怡，问："亮怡，你一个月赚多少钱？"

王亮怡板着脸，没有回答。

符杰豪说："还不到一万五吧。"

王亮怡瞅了徐洁圆一眼，她知道是徐洁圆说的。徐洁圆难堪地低着头。

符杰豪继续说："我店里的店员，只要勤力一点，每个月也不止赚这个数目呢！"

"符杰豪，这个世界上还有一样东西叫理想的。"王亮怡说。

符杰豪咯咯地笑了："难道卖衣服的人就没有理想吗？我不是批评你，我只是觉得香港的教育制度太失败了。"

王亮怡白他一眼："你别忘了你女朋友也是教师，你批评香港的教育制度，不就是批评她吗？"

"所以我常常叫她不要教书，开补习社不是更好吗？没那么辛苦，钱又赚得多。"

符杰豪拖着徐洁圆的手离开酒店的时候，她一直低着头，眼里溢满泪水，她觉得太羞耻了。

"你为什么哭？你是不是不舒服？"他紧张地问。

"你为什么跟自己的同学说这种话？"她埋怨。

"我难道没权发表意见吗？"

"你这样太伤害别人的自尊心了。"

"这种聚会，根本就是暗地里大家互相比较。"

"你用不着什么都跟人比较。"她望着他说。

"你这是什么意思？你以为我自卑吗？"

她没说话。

他的自尊受伤了，大声说："呵呵！我为什么要自卑，就因为我不像你读那么多书吗？"

"我不想跟你说！你蛮不讲理！"她甩开他的手。

他捉住她的手："我们现在就说清楚！"

"你弄痛我了！"她哭着挣扎。

"哦，对不起，我不是有心的，我喝得太多了。"他揽着她，像个孩子似的，在她耳边说，"我怕你离开我。"

"我不会，我从来没有改变。"她流着泪摇头。

隔天，在意大利餐厅里，她问王亮怡：

"你还在生我的气吗？"

"不生气才怪。"王亮怡一边吃着肉酱意大利面一边说。

"这一顿饭，我请你，你喜欢吃多少都可以，算是赔罪好吗？"

"只吃意大利面，你未免太吝啬了吧？"

"我在储钱嘛！"

"储钱干什么？"

"买房子需要钱。"

"不是说他买的吗？"

"他喜欢的房子都超出预算，我怕他钱不够。"

"洁圆，我不是说他坏话，但是，我觉得你们真的很不一样了。你只是用过去的感情来维系这段关系。"

"我们是初恋情人。"她说。

"那又怎样？"

"最艰难的日子，我们都熬过了。"她啜饮着一杯 Bellini，说。

"更艰难的，也许在后头呢。"

她默然。然后，王亮怡说："那天，我在街上碰见一个很像符杰豪的男人跟一个女孩子一起，态度很亲昵的。"

"你会不会看错了？"

"但那个人的确很像他。"

"不会的，他不是那种人。"她说。

那一刻，她甚至以为王亮怡不喜欢符杰豪，所以说他坏话。

可是，这一刻，她亲眼看见他们在一起。

她不敢找王亮怡哭诉，王亮怡不会同情她的。她想起了她以前的学生王日宇。

那天晚上，她跟王日宇在 Starbucks 见面。王日宇告诉她，他失恋了。她从口袋里掏出几颗 Baci，跟他说："你拣一颗，看看说些什么？"

王日宇随便拣了一颗。

"签语上写些什么？"她问。

王日宇递给她看，那张签语上写着：

"爱是把对方的快乐置于自己的快乐之上。"

"这是很难做到的吧？"王日宇皱着眉头说。

"老师，你也拣一颗。"他说。

她拣了一颗。

"写些什么？"王日宇问。

"这是老师的秘密。"她把那颗巧克力放在口袋里。

"女人为什么可以同时爱几个男人？"王日宇问。

"因为世上没有十全十美的男人。"她回答。

"老师，假如你爱的那个人也同时爱着其他人，你不伤心吗？"

她的眼睛忽然红了。为了不在自己的学生面前流泪，她跑了出去。

王日宇追上来，关心地问："老师，你是不是跟男朋友吵架了？他是不是欺负你？"

她伤心地哭了。

"不要这样。"王日宇慌乱地抱着她，身体贴住她的胸膛。她融化在他怀里，想起他曾经画给她的一张图画：一个女孩躺在地上，心中开出了一棵长着翅膀的树，那时候，她就有点喜欢这个学生了。他像她以前认识的符杰豪，那些日子却已经远远一去不可回了。她意识到自己被从前的学生抱着，那是多么地不道德！她把他推开了。

后来有一天，她来到她和符杰豪读书时常常去的那家拉面店。

下午两点钟，店里的人很少，她一个人坐在他们从前常坐的角落里，点了一碗叉烧面。旁边坐着一对中学生，瘦小的女生把碗里的叉烧夹到男生的碗里，自己只留下一片。

许多年前的一天，他不是答应过绝对不会喜欢其他女孩子的吗？她也答应不会爱上其他男孩子。那些盟誓曾经多么美好，却已经多么遥远了！

她知道他爱得多么努力，她何尝不是？只是，无论多么投契的朋友，多么要好的师生，多么亲爱的情人，也要各奔前程，她怎么不理解呢？

那天晚上，她在王日宇面前拣的一颗巧克力，她后来拆开了。看到那张签语时，她的眼泪滔滔地涌出来。那张纸上面写着：

"初恋的美丽在于我们从没想过它或许会有消逝的一天。"

Channel A

第 七 章

爱情不是应该包容的吗？
包容她也爱着另一个男人。

林薇珠在宿舍房间的床上醒来时，日头已经晒上屁股了。今天是星期天，不用上课，可是她比上课时更忙碌。

她匆匆忙忙梳洗，同房的赖咏美刚好从外面回来。

"你要出去吗？"赖咏美问。

"我约了王日宇吃午饭，然后跟钟永祺吃晚饭。"

"一天跑两场？"

"就是嘛！"林薇珠摸着自己的肚子说，"有时要连续吃两顿饭，最近好像胖了呢！"

"你怎样脱身？"

"就跟王日宇说，我要回来温习，明天要测验。"林薇珠跳到床上，一边穿裙子一边说。接着，又问赖咏美："你为什么还不出去？"

"昨天跟关正之吵架了，今天只要赶晚上一场。"

"为什么吵架？"

"是故意找个借口跟他吵架的。"赖咏美趴在林薇珠的床上说，"因为今天想跟郭宏川一起。我不想一天之内跟两个男人做爱。这样对健康不好。"

"有时候是迫不得已啊。"林薇珠说。

"这所大学里，到底有多少女孩子在谈复数的恋爱呢？"赖咏美说。

"单单是这幢宿舍，就有一半人口拥有一个以上的男朋友。整所大学，大概也是这个比例吧？"林薇珠对着镜子微笑，说，"谁叫现在没有一百分的男人？最好的，顶多也只有八十分。两个八十分加起来，就有一百六十分！那才是我想要的分数。"

林薇珠与王日宇在一家意大利餐厅里吃午饭。他们是在一个校际民歌比赛里认识的。他个子不算高大，却有一张很讨女孩子欢心的脸。王日宇读书的成绩不怎么出色，他画的图画可漂亮极了。中学毕业之后，他们好几年没见。林薇珠上了大学，王日宇在美专念设计。那时候是冬天，他们在路上重逢，两个人在 Starbucks 聊了一晚，直到人家喊"last order（最后一杯）"才不情不愿地离开。从 Starbucks 走出来，他们就已经忍不住接吻了。

"明天的测验预备好了没有？"王日宇问。

"还没有呀，看来要熬夜。"林薇珠说。

"早知道就不用出来陪我。"

"但我想见你。"林薇珠靠在王日宇的肩膀上。

"可是，我不想影响你的成绩。"王日宇说。

林薇珠的手指头扣着王日宇的手指头，夕阳洒落了一地，在这短暂的时光里，她喜欢的，就只有王日宇。可惜，她无法只喜欢一个男人，那是不安全的。

"你的生日快到了，打算怎样庆祝？"王日宇问。

"这几天都要测验，到时候再想吧。"

想到生日，她就头痛了。一个人要是有两个生日，那该多好？这一天，她无论如何也要陪钟永祺。

隔天晚上，在宿舍的那张床上，王日宇光着身子，紧紧地搂着林薇珠。她在他怀里，流着汗，幸福地微笑。

"我爱你。"他说。

"谢谢你。"林薇珠说。

王日宇脸上闪过一丝失望。他期待的是同样一句"我爱你"。然而，当他说"我爱你"的那一刻，林薇珠心头闪过的，却是怜悯。她想："多么可怜的一个男人啊！"

她不说"我也爱你"，不说"我也是"，她不想为爱情负责任。谢谢你爱我，是你爱我罢了。爱就代表了占有，代表了唯一，所以，她只能说"谢谢"。这方面，她倒是诚实的。

生日前的一天，林薇珠约了王日宇见面。她在街上等他，王日宇迟到了三十分钟，这是千载难逢的机会。

林薇珠板起脸孔，说："现在是什么时候了！"

"对不起，我放学后已经立刻赶来！"王日宇拉着她的手。

林薇珠甩开他的手，凶巴巴地说："我等你三十分钟了！你在浪费我的时间！"

　　"你用不着这么凶吧。"

　　"你还说我凶？你这个人真是过分！"

　　"我怎么过分？"

　　"这还不算过分！"

　　"你也常常迟到。"

　　"你在翻旧账是吗？"

　　"不要吵架好吗？我今天下班之后又去上课，已经很累了。"

　　"我也上了一整天的课，我不累吗？你只顾你自己，自私鬼！"

　　"你扯到哪里去了！"

　　"今天收到测验卷，我只拿到三十分。你关心过我吗？"林薇珠的眼睛红了。

　　"是我错了。好吗？"

　　"你没错！也许我们根本就合不来！"林薇珠撇下王日宇，

跳上一辆出租车，砰然一声把门关上。王日宇只好巴巴地看着她离开。

生日的那天，林薇珠就大有理由不接王日宇的电话了。王日宇打来宿舍，她就托赖咏美说她跟同学出去了。晚上，她回到宿舍的时候，看到床头上放着一份礼物和一盒蛋糕。

"是王日宇刚才送来的，他还买了蛋糕呢。"赖咏美说。

林薇珠坐在床边，一边拆礼物一边说："终于过了生日，太好了！"

赖咏美把盒子打开，里面放着一个李子蛋糕。

"好像很好吃的样子。"赖咏美说。

"你吃吧，我已经吃过蛋糕了。"

赖咏美用手指头揩了一点蛋糕来吃，说："不错呢。是在哪里买的？"她看看盒子上的地址。

林薇珠把礼物拆开了，王日宇送给她的，是一张他亲手画的水彩画。水彩画的主角是一只微笑的猪，它头上插着鲜红色的玫瑰花，躲在一个衣柜里。微笑的猪，就是薇珠。她把那张画放在床头。她有点思念这个男人。

第二天，王日宇打电话来，林薇珠装作原谅了他。

"那只猪为什么躲在衣柜里？"她问。

"因为她是一只怪脾气的猪。"王日宇说。

"你才是。"

"你明天有空吗？"

"哦，明天不行，我要跟同学一起做小组功课。"

第二天晚上，王日宇跟美专的同学余宝正、李传芳、唐纪和四个人在 Starbucks 聊天，他看到林薇珠跟一个男人依偎在角落的一张沙发上，像恋人那样亲昵。林薇珠没看见他，他也没有勇气上去拆穿她。

第二天，王日宇和林薇珠在拉面店里，王日宇一直默不作声。

"你怎么啦？"林薇珠吃着叉烧面问。

"我昨天见到你了。"王日宇终于按捺不住说。

林薇珠心虚了，只是胡乱答一句："在哪里？"

"在 Starbucks。不是说要做功课的吗？"

林薇珠低头不语。

"生日前的一天，是故意跟我吵架的吧？"王日宇悻悻地问。

林薇珠还是不说话。

"你并不是只有我一个男朋友，对不对？"

"难道我没有权选择吗？"

"你究竟同时跟几个男人交往？两个，三个，还是四个？"

"这是我的自由！你也可以的！"

"你太花心了！"

"我不是花心！我只是想被人喜欢！"林薇珠理直气壮地说。

"假如你爱一个人，你怎么可能这样无耻呢？"

"我又没说过爱你。"

"那你是玩弄我了。"王日宇气得脸也涨红了，他觉得受了屈辱。

"不爱你又怎会跟你做爱！你以为我是什么人？"林薇珠哭着扔下筷子。

"那你到底想怎样？"

"我怎知道自己想怎样！"

王日宇愣住了。对着她，他是一点办法也没有。他躲在家里哭了好多天。他没想到他竟然爱上一个这么不负责任的女人。她根本不尊重爱情。她一直都在撒谎。他不知道自己是第三者还是第四者，她在侮辱他的尊严。可是，伤心难过的时候，他依旧想念着林薇珠，期望听到她的声音。他甚至想说服自己去包容。爱情不是应该包容的吗？包容她也爱着另一个男人。

案头的电话响了起来，王日宇连忙拿起话筒，那不是林薇珠，而是徐洁圆的声音。

徐洁圆是王日宇中学时的英文老师。那一年，她刚刚大学毕业就当上老师，负责教中五班的英文。她的年纪，只是比他们大五岁。徐洁圆长得很秀气，班上的男生都喜欢她。上课的时候，大家目不转睛地望着老师，王日宇也不例外。他们不是留心听课，而是看着老师的身体出神。除了老师之外，男生哪里可以理直气壮地欣赏一个女人的身体？

为了引起徐洁圆的注意，有些男生努力把英文课念好，王日宇却故意念得差劲一点。他有一种直觉，徐洁圆是个母性很强的女人，她宁可去扶助弱者。

他没有猜错。一天，徐洁圆吩咐他放学之后留下来。

课室里只剩下王日宇一个人，徐洁圆捧着一沓练习簿走进来，坐在王日宇身边，温柔地说："从今天开始，每天放学后，我替你补习。英文其实没你想象的那么难。"

自此之后，每一天，当夕阳洒落在校园的长廊上，就是王日宇和徐洁圆独处的时光了。

王日宇匆匆来到 Starbucks，徐洁圆已经在那里。

"老师。"

"你的眼睛为什么这么肿？"

王日宇无奈地笑笑："老师，你要喝什么？"

"我要 Cafe mocha（摩卡咖啡）。"

王日宇给自己买了一杯 Cappuccino（卡布奇诺），两个人挤在一角聊天。

"你好像哭过。"徐洁圆说。

"我失恋了。"王日宇说。

"对不起,我应该改天再找你。"

"没关系。老师,可以问你问题吗?"

"当然可以。"

"女人为什么可以同时爱几个男人?"

"因为世上没有十全十美的男人。"

"真的吗?"

"也许,女人有时候要通过被爱来自我肯定。"

"被一个男人所爱还是不够吗?"

"只有一个男人的话,也许会没有安全感。"

"这就是花心啊。"

"女人都想追求不平凡的爱情,就像电影女主角那样。"

"老师你也是这样吗?"

"我不敢说我不会。"

"假如女人是这样，男人也会变成这样。"

"是的。"

"老师，假如你爱的那个人也同时爱着其他人，你不伤心吗？"

徐洁圆的眼睛忽然红了。

"老师，我是不是说错了什么？"

"我想出去走走。"徐洁圆一个人走出去了。

"老师。"王日宇从后面追上来。

"你记不记得你送过一张图画给我？"徐洁圆说。

"记得。那天我看见你在教员室里哭。那个可恶的科主任常常欺负你。"

"隔天补习的时候，你送了一张图画给我。一个小女孩幸福地躺在地上，她心里开出了一棵长着翅膀的树。所以，不开心的时候，就会想起你。"徐洁圆停了下来，定定地望着王日宇说。

"老师，你是不是跟男朋友吵架了？他是不是欺负你？"

徐洁圆的眼泪簌簌地流下来。

"不要这样。"王日宇温柔地摩挲着她的头发。他抱着她，用双手暖和着她的身体，那些夕阳洒落在校园的日子召唤了他。他一直想抱老师，想知道抱着老师的感觉。他吻了她，把她更拉向自己的胸膛一些，免得她心里开出一棵长了翅膀的树，带着她飘飞到天空。

徐洁圆突然把他推开了。

"这样是不对的。"她说。

"我们已经不是师生了。"

"我已经有男朋友。"

"我也有一个不知算不算已经分了手的女朋友。"

"我们也要谈复数的恋爱吗？你不是说假如很爱一个人，是做不到的。"

"或许，我也做得到。"

"我可不想要这样的爱情。"

"老师，你还会见我吗？"

徐洁圆没有回答。昏昏夜色之中，细小的身影渐行渐远。

隔天，王日宇接到林薇珠的电话。

"可以出来见面吗？"她问。

在 Starbucks 里看到忧郁地啜饮着一杯 Frappuccino 的林薇珠时，王日宇有点轻飘飘的感觉。

不是幸福，不是思念，也许不是爱，也不是不爱。他喜欢这个女孩子，但她在他心中已经不比从前了。当一个人不是另一个人的唯一，他就只有自己了。

"每个人看到你送给我的那张水彩画都说很漂亮。"林薇珠说，"但他们都不明白那只猪为什么住在衣柜里。"

那个衣柜，本来是他的心。可是，现在他知道，一个衣柜关不住一只外向的猪。

Channel A

第 八 章

人对于一种食物的免疫，
也许都有快乐或者哀伤的理由。

赖咏美躲在大学图书馆里温习，林薇珠把她的手机带来了。

"你的手机留在了房间。"林薇珠说。

"哦，谢谢你。"赖咏美把手机放到背包里去。

"刚才有一个姓叶的男人打电话给你，我说你忘记带手机。"

"姓叶的？"赖咏美脸上流露出诧异的神情。

"嗯。"

"他有没有说些什么？"

"没有呀。只说待会儿再打来。"

"他的声音是怎样的？"

"就是一般男人的声音啊。怎么啦？你又有新男朋友？"

"才不是呢。"

"那么，他是什么人？"

"姓叶的，我只认识一个。不过，应该不会是他。"

"是以前的男朋友？"

"是中二那年和我一起私奔的小男友。"

"私奔？"

"是的，我曾经跟男孩子私奔。当时家人认为我们年纪太小，反对我们恋爱，所以，我们一起离家出走。不过，也只是出走了二十九天。"

"是被家人抓回去的吗？"

"我是，他不是。"

"为什么从来没有听你提起？"

"或者是因为憎恨他吧。"

"他还会再打电话来吗？"

赖咏美低头看着笔记，淡淡地说："怎么知道呢？"

深夜里，她窝在床上听夏心桔的节目。一个刚从法国回来度假的女孩子打电话到节目里，说：

"十七八岁的时候，我的日子过得很烂，常常换男朋友，抽烟，喝酒，在外面过夜。现在二十六岁了，只想好好爱一个男人，也好好爱自己。"

"人长大了，就会喜欢简单，害怕复杂。"夏心桔说。

女孩说："就是啊。可是有时候我也会怀念年少的荒唐。"

女孩忽然问："夏小姐，你相信男人会永远等一个女人回到他身边吗？"

夏心桔笑了笑："我还没有遇到。"

"也许有人在等你。"

良久，夏心桔说："那么，他也不会等到永远的，总有一个期限。"

赖咏美的手机一直没有再响起。几个小时前打来的，应该是他吧？他就是这么胆小的一个人，一点也没有改变。

这样想的时候，她的电话忽然响起来了。

"不好意思，这么晚了还打电话给你。"对方说。

一听到声音，她就认出是叶卫松。

"你不是在英国的吗？什么时候回来的？"

"是前天回来的。我要到北京大学当一年的交换生。"叶卫松说。

"你是怎样找到我的？"

"是向旧同学打听的。听说你在香港大学。"

"嗯。你呢？"

"我在伦敦大学。"

"很厉害耶！喜欢英国的生活吗？"

"那边的生活很苦闷。"

"你不怕闷，你就怕苦。"她揶揄他。

"你还在恨我吗？"

赖咏美笑了起来："是很久以前的事了，那时大家都是小孩子。"

"我一直觉得对不起你。"

"你没有对不起我，是我要你跟我私奔的。你当时也许只是想讨好我，并不是真的想离家出走。"

"我以为你随便说说，没想到你来真的。"

"果然是被迫的。"她笑笑说。

"也不能说是完全被迫的，那时是真心喜欢你。"

那一年，她十三岁，叶卫松比她大两个月。他们上同一班，她就坐在他前面。学校外面，满植了冬青树。夏天里，常常可以听到蟋蟀的鸣叫。那天很热，走在树下的时候，叶卫松告诉她，听蟋蟀的鸣声，可以知道气温。

"怎会呢？"

"真的！"然后他问，"你的手表有秒针吗？"

"嗯。"她抬起手腕。

他看着她腕上的手表，说："将蟋蟀在八秒内鸣叫的次数再加五，就是现在的摄氏温度了。"

他们屏息静气数着蟋蟀鸣叫的次数。在那八秒里，蟋蟀总共鸣叫了二十六声。

"现在的气温是摄氏三十一度。"叶卫松很神气地说。

"蟋蟀是怎么知道温度的？"她不明白。

叶卫松扬了扬眉毛："秘密！"

"告诉我嘛！"她拉着他。

"有机会吧。"他可恶地说。

从此以后，放学后在树下一起聆听蟋蟀的鸣叫，是他们最私密的时光。蟋蟀是他们的温度计。

"你无耻！你为什么看我的日记！"赖咏美骂她妈妈。妈妈偷看她的日记，发现她跟叶卫松在谈恋爱。

妈妈给了她一记响亮的耳光。

那天跟叶卫松在学校见面的时候，她说："我们离家出走吧。"

叶卫松吓了一跳，问："到哪里去？"

"什么地方都可以，我妈妈要替我转学校，我以后都见不到你了。"她哭着说。

"那我们什么时候走？"

"明天上学的时候就走。"

夜里，赖咏美悄悄收拾了自己的东西。她整夜没有睡，坐在窗前，幻想着自由而甜蜜的新生活。第二天早上，她跟叶卫松在车站会合。

出走的头一个星期，他们白天四处游荡，晚上在公园露宿，身上的几百块钱很快就花光了。

那个晚上，他们疲倦地靠在公园的长椅上。

"还是回家吧。"叶卫松说。

"现在怎么可以回去呢！我们去找工作吧！"突然之间，她问他，"你听到了吗？"

"听到什么？"

"是蟋蟀的叫声。"她朝他微笑。

他抬头看看旁边一棵树的树顶，蟋蟀的叫声是从那里传来的。

她幸福地靠在他怀里，问他："现在是几度？"

隔天，他们在花店找到一份送花的工作。

"既然有钱，我们不用再去公园了。"赖咏美兴奋地说。

"那去什么地方？"

"尖沙咀重庆大厦有许多宾馆。"

"那里很复杂的。"

"但是租金便宜。"

他们在重庆大厦一家宾馆租了一个狭小的房间。那里的住客，什么种族都有，都是些来香港找工作的人，空气里常常弥漫着一股难闻的汗味。

为了省钱，赖咏美和叶卫松几乎每天都是吃茄汁焗豆和白面包。那个燠热的夜晚，他们依偎在床上。

"你爱我吗？"她问。

"爱。"他说。

"会爱到哪一天？"

"我也不知道。"他一边吃茄汁焗豆一边说。

"没有期限的吗？"

"没有。"

她把头靠在他的肩膀上，向往地说："将来我们有钱了，也要开一家花店。"

"你喜欢花店吗？"

"有了自己的花店，晚上就可以睡在店里，在花香之中醒来。"她用满怀的憧憬来抵抗着外面那股咸腥味道。

"我们什么时候回家？"叶卫松忽然问。

她生气了："谁说要回家？要走你自己走。"

后来有一天，他们早上醒来，东拼西凑，两个人加起来才只有几块钱，距离发薪水的日子还有三天，罐头和面包却都吃光了。

"你去买点吃的回来吧。"她吩咐叶卫松。

"你想吃些什么？"

"只要不是茄汁焗豆就行了。"

"好的，我出去看看。"

叶卫松带着他们所有的钱出去了。他去了很久很久，她饿着肚子等他。到了晚上，她开始怀疑，他已经跑回家了。

午夜里，有人来拍门。她跳下床去开门，门外站着她消瘦了的爸爸和满脸泪水的妈妈。叶卫松回家了，并且出卖了她。

后来，叶卫松的家人把他送到英国寄宿，留下她一个人，在学校里成为同学的笑柄。她恨死他了。

她约了叶卫松在Konditorei见面。这是她最近发现的一家德国蛋糕店，有非常美味的李子蛋糕。她走过纷纷扰扰的街道，把重逢幻想了千百遍，终于来到了Konditorei。叶卫松坐在那里，他的样子一点也没有改变，只是好像一下子变大了，有点陌生。

"你变漂亮了。"叶卫松说。

赖咏美笑笑说："当然了！不然为什么要长大？"

"你的嘴巴还是跟从前一样厉害。"

"你什么时候起程去北京？"

"过两天就走了。我的家人早几年都移民到英国去了，本来我可以直接飞去北京的，但是，我很想回来看看你。"

"你的嘴巴还是跟从前一样甜。"赖咏美一边吃李子蛋糕一边说。

"你还在生我的气吗？"

"当时的确恨你。你不应该一声不响地走了，还带走了所有的钱。你知道吗？我一直在宾馆里等你，几乎饿昏了。没想到你是那样的人。"

"我不是有计划回家的。那天，我拿着钱去买食物，你说不想再吃茄汁焗豆，可是，别的我都不够钱买。人海茫茫，我愈走愈远，走远了，忽然觉得整个人都轻松了，就这样走回了家。因为害怕你一个人会出事，所以才会通知你爸爸妈妈。"

"我在挨饿的时候，你是在家里享受丰富的食物吧？"她揶揄他。

叶卫松窘迫地微笑。

"多亏你，我从此不再吃茄汁焗豆。连续吃了二十几天，茄汁焗豆是我的梦魇。"

"我在英国常常也吃茄汁焗豆。"

"当然了！它是你的救星，释放了你。"

叶卫松唏唏地笑了。

"幸好你出卖了我，否则，我不会像现在这么快乐。假如我们没有回家，也许，我们很早就结婚了，然后生孩子，现在忙着带孩子，每天为生活奔波，再没有梦想和自由。我才不想要那样的人生呢。我应该感谢你。"

"真的？"

"嗯。你也不会想要这样的人生吧？"

"可是，有时候也会怀念那段年少荒唐的日子。"

"你现在有女朋友吗？"

"有的，在英国。你呢？有男朋友吗？"

"有两个。"

"两个？"

"很荒唐吧？"

"为什么会有两个？"

赖咏美笑了："也许是年少的时候太认真吧，所以现在要荒唐一下。"

"他们知道对方的存在吗？"

"当然不能让他们知道。知道的话，其中一个会离开我的。"

"可以同样地爱两个人吗？你是怎样做到的？"

"你是想向我讨教吗？"

"哦，我是很专一的。"

"是吗？那是我的损失了。"

"你什么时候来北京，我带你去玩。"

"华氏温度怎样计算？"她忽然问。

"华氏？"他一头雾水。

"你只教了我用蟋蟀的鸣叫来计算摄氏温度，没说华氏。"

叶卫松灿然地笑了："将蟋蟀在十五秒之内的叫声加四十，就是华氏温度。"

"你仍然不打算告诉我蟋蟀温度计的秘密吗？"

"有些事情，说穿了便不好玩。"

"难道你是蟋蟀变成的？不然你怎么会有这种法力？"

他咧嘴笑了："给你一点提示吧，所有的生物，包括蟋蟀，包括人，都受到化学反应的支配。"

她泄气地说："这也算提示吗？"

"你知道蟋蟀能说出温度吗？"夜里，在床上，她把玩着关正之脑后那一撮天然鬈曲的头发，说，"但我不会告诉你为什么。"

"跟你私奔的小男友，长得帅吗？"

"长得不帅，我怎会跟他私奔？"

"你们有做吗？"

"那时根本不知道怎么做。他一碰我，我就尖叫，把他吓个半死。"

"为什么尖叫？"

"害怕嘛！本来想试试看，结果变成两个人满头大汗在床上对峙。"

关正之咯咯地笑了。

"你笑什么？"

"他可能是因为这个才跑回家的。"

"因为不可以和我做爱，所以就逃跑？"

"是因为幻想和现实相差太远了，觉得沮丧，所以回家。"

"男孩子是这样的吗？"

"可能也有一点羞愧吧。"

"假如那时跟他一起，就不会认识你了。那样的人生，可能是诅咒。"她从床上爬起来，说，"我饿坏了，有东西吃吗？"

"你不是买了李子蛋糕回来吗？"关正之说。

"有没有茄汁焗豆？"

"茄汁焗豆？好像没有。你喜欢吃吗？"

"我去买。"她站起来穿上牛仔裤。

"我去买吧。"

"不。你不知道我喜欢吃哪一种。"

赖咏美在便利店里转了一圈，茄汁焗豆刚好卖光了。

她一家一家便利店去找，愈走愈远，忽然明白了叶卫松的心情。在爱与自由之间，他义无反顾地选择了自由。她一个人走在熙熙攘攘的街道上，渐行渐远，整个人也轻松了。

她回到家里，妈妈正在上网，爸爸在厨房做饭。

"咏美，为什么回来也不说一声？"妈妈问。

"是不知不觉走回来的。"她把茄汁焗豆交给爸爸，说，"爸爸，麻烦你，我想吃茄汁焗豆。"

"你不是从来不吃茄汁焗豆的吗？"爸爸问。

"但是，今天很想吃。"

吃饭的时候，关正之打电话来。

"你在哪里？"他紧张地问。

"在家里吃饭。"她轻松地说。

"在家里？不是说去买茄汁焗豆的吗？我还在担心你。"

"我是在吃茄汁焗豆呀。"她微笑着说。

赖咏美愉快地吃着碗里的茄汁焗豆。人对于一种食物的免疫，也许都有快乐或者哀伤的理由。她知道，无论是今天或将来，再吃到茄汁焗豆，都不会是当年的味道了。

夜里，她靠在床边听 Channel A，她记起了那个年少荒唐的女孩的故事。她有时候也会怀念那段出走的日子。她和叶卫松在幽暗的宾馆里，依偎在一起，穷得每天只能够吃茄汁焗豆和白面包，却仍然憧憬着一片幸福的天地。那是年少时最荒唐的认真。

Channel A

第 九 章

"爱情应该是自由的，不应该是束缚。"
"那么，忠诚呢？"
"对自己忠诚就好了。"

接近午夜的时候，徐云欣晃荡到这家二十四小时漫画店。上一次来，她在这里跟何祖康重逢，牵动了那段已经逝去的初恋。今天晚上，她一个人，寂寞得很，便又来了。

店里的人很多，有人上网，有人看书，也有人在吃消夜和聊天。经过一列书架的时候，徐云欣不知踢到什么东西，整个人踉跄地跌了一跤。她回过头去，看到一个男人的脚。那个男人躺在书架后面，露出了一双脚，脚上穿着一双黑色塑料夹脚凉鞋。她觉得这双脚有点眼熟。

书架后面走出一个人来，好像刚刚睡醒的样子，揉着眼睛说：

"对不起。"

"老师？"徐云欣诧异地说。

郭宏川睁开眼睛，看到徐云欣，尴尬地笑了笑。

"你也喜欢看漫画的吗？"徐云欣好奇地问。

"偶尔吧。"

徐云欣看到郭宏川身边放着一个黑色尼龙行李箱和一个沉甸甸的背囊。

"你为什么带着行李来？"

郭宏川一副难为情的样子："给房东赶了出来。"

"原来你想在这里过夜。你为什么会被赶出来？"

"她大概是嫌我把地方弄得乱七八糟吧。"

"你打算以后也在这里过夜吗？"

"我明天会去找地方，现在太累了，先歇一歇。"郭宏川伸了个懒腰。

"我知道有个地方可以睡觉。"徐云欣一边说一边拖着郭宏川的行李箱走在前头。

郭宏川望着她的背影，不禁笑了。他真的搞不懂女人，为什么她们总爱拉着他的行李走，后来又把他和他的行李一起赶走？叶嘉瑜是这样，王亮怡也是这样。难道这是他的命运？

　　"这里就是了。"徐云欣带着郭宏川来到一幢出租公寓，说，"这儿可以日租，也可以月租，而且有人清洁房间。"

　　"你怎会知道这个地方的？"

　　徐云欣指着公寓对面一幢灰白色的旧房子，说："我家就在对面。"

　　郭宏川办好住房手续，徐云欣瞄瞄他的账单："嗯，你住520，是幸运号码啊。"

　　"是吗？"郭宏川摸不着头脑。

　　"520，用国语来念，就是'我爱你'。"

　　郭宏川笑了，觉得有点讽刺，他刚刚被赶出来，竟然住在"我爱你"。

　　徐云欣拉开睡房的窗帘，她家住六楼。她抱着膝头，坐在窗台上期待着。对面那幢公寓每一层有五个房间是向着这边的，不知道 520 是不是也刚好在这一边。

她拧开了音响，夏心桔的 Channel A 正在播 Richard Marx 的 "Right Here Waiting"。徐云欣哼着歌，无聊地把玩着窗帘的绳子。突然之间，她看到五楼其中一个房间的灯亮了。郭宏川拉开了房间里一条米白色的纱帘，站在窗前。她雀跃地跟他挥手，他没看见。她从窗台上跳下来，去找了一个电筒。然后，她拧亮电筒，向着郭宏川的窗口晃动。

当电筒的一圈亮光打在公寓六楼和五楼的外墙时，徐云欣把电筒拧熄了。不让郭宏川知道她可以看到他，不是更有趣吗？以后，她可以偷偷地看他。

郭宏川说是被房东赶出来，她才不相信，看他那副落寞的样子，该是被女朋友赶出来的吧。郭宏川是徐云欣的老师。从上学期开始，他每星期来美专教一节摄影。

他个子高高，夏天总爱穿着一双黑色塑料夹脚凉鞋，一副很浪荡的样子。这样的男人，看来也是提着行李在不同的女人家中流浪的。

第二天早上，徐云欣带了李子蛋糕，来到公寓找郭宏川。

郭宏川来开门的时候，睡眼惺忪。

"哦，老师，对不起，你还没有醒来吗？"

"没关系。"

"我带了蛋糕给你。"徐云欣径自走进房间里。

郭宏川的行李箱放在地上打开了，里面放着他这些年来珍藏的照相机。

"你有很多相机呢。"徐云欣蹲下来，说，"我可以看看吗？"

郭宏川一边刷牙一边说："当然可以。"

徐云欣拿起一部 Nikon（尼康）FM2，说："这一部看来已经用了很久。"

"这是我刚刚学摄影的时候买的，是全手动的。"

徐云欣又拿起一部 Nikon 801，问："这一部呢？"

"是第一个女朋友送的。"

"这一部呢？"徐云欣拿起那部 Leica（徕卡）M6。

"是失恋的时候买的，很贵啊！那天却十分豪气，大概是觉得再没有什么可以失去了。"郭宏川笑笑说。

"嗯，人在失恋时真是什么事情都做得出来。我有一个女朋友失恋时买了一幢房子。"

"那她真是很富有啊。"

"才不呢。她付了定金之后才知道自己根本没钱买，结果白白赔了定金，那是她全部的积蓄。"

"你这位朋友真够有意思。"

"那幢房子是在离岛的，在山上，对着大海。那天她陪朋友去看房子，第一眼便爱上了那幢两层高的欧式房子。她想躲在山上，哀悼那段消逝了的爱。"徐云欣又拿起另一部样子很有趣的相机，问，"这是什么？"

郭宏川一边吃蛋糕一边说："这是海鸥牌。"

"海鸥牌？"

"内地制造的，但质量还可以。我买来玩的。"

"可以借我玩吗？"

"随便拿去吧。"

徐云欣把相机收到背包里。

"蛋糕很好吃。"郭宏川说。

"是我昨天在一家德国蛋糕店买的，不过那家店离这里比较远。你想买面包的话，前面拐弯有一家面包店，那里的面包很好吃，香蕉蛋糕更是无法抗拒的。我有朋友以前在这家面包店工作，我跟他们很熟的，买面包和蛋糕也可以打折。"

郭宏川笑笑说："你的朋友真多。"

"我那位朋友到面包店工作是有原因的。"徐云欣说。

"什么原因？不会又是失恋吧？"

"因为她爱的男孩子很爱吃蛋糕，在那里工作，便可以常常带蛋糕给他吃。"

"真有这么痴心的女孩子？"

"你那个房东是不是很凶的？"徐云欣问。

"也不算特别凶，她的工作不是很如意，脾气自然不好。"

徐云欣看到桌子上放着一部相机，她拿起来，问：

"这一部是什么？"

"这部 Voigtländer（福伦达）Bessa-T 是老牌德国相机，刚刚给日本公司收购了，手工很精巧，是我跟女朋友分手之前买的。"

徐云欣笑了："你记事情的方法真有趣，不是记着年份，而是用事件，尤其恋爱来记忆。"她顿了顿，说，"不过，我也是这样。我上班啦。再见。"

"你在哪里上班？"

"在设计公司。"

徐云欣哼着歌走出房间，忽然又想起什么似的，回头说：

"你想吃东西的话，附近有一家日本拉面店，很不错的，就在面包店旁边。要寄信的话，走出门口转右再转左便是邮局了，超级市场就在邮局对面。"

"你对这一区很熟呢。"

"我也是刚搬来的，不过我喜欢四处逛。"

那天晚上下班之后，徐云欣跑到拉面店里看看，果然见到郭宏川一个人，一边吃面一边看杂志。

"老师，你吃的是什么面？"

"叉烧面。"

徐云欣坐下来，说："这里最好吃的便是叉烧面。"然后，她要了一碗猪排面。

"还要吃点什么吗？我请客。"郭宏川说。

"真的吗？"徐云欣灿烂地笑了。

"多亏你，我才不用在漫画店过夜。"

"我还想要一碟煎饺子和一杯吟酿。"

郭宏川瞪大了眼睛："你爱喝酒的吗？"

徐云欣点点头，说："吟酿是好酒呢。你看过那套《夏子的酒》的漫画吗？"

郭宏川摇了摇头。

"就是写吟酿的历史的。吟酿是最高级的清酒，大部分是用新潟县产的山田锦米酿造的。"

服务生端来了一杯吟酿，颜色纯净如白玉。

"老师，你也要喝一杯吗？"

"也好。你酒量很好吗？"

"嗯，很奇怪，我爸爸妈妈不大喝酒，我却从小就很喜欢喝，小学六年级已经偷偷喝威士忌。所以呢，男孩子要灌醉我，是妄想了。"

"你从来不会醉的吗？"

"酒量好就有这个坏处，有些女孩子不开心时喝一罐苹果酒便可以倒头大睡，我却不可以。而且，我怎么喝也不会脸红。基本上，我是个不会脸红的人。老师，你的酒量好吗？"

郭宏川笑了："我会脸红的。"

徐云欣瞄瞄郭宏川手上的杂志。

"老师，你也看女性杂志的吗？"

"这期的封面是我老板拍的。"

"是吗？我也买了这本杂志。"她翻翻那本杂志，翻到其中一页，说，"我喜欢看王亮怡的生活专栏，她很感性。你认识她吗？"

郭宏川腼腆地摇摇头。

"老师，你知道吟酿为什么叫吟酿吗？"

"是喝了会唱歌的酒？"

"差不多了。因为酒发酵时会发出像吟唱般的声音。我也是看《夏子的酒》才知道的。"

"你是跟家人一起住的吗？"

"嗯。"

"那为什么不回家吃饭？"

"没人做饭给我吃啊。我爸爸妈妈常常要去做生意，所以只有我一个人。"

徐云欣吃了一口猪排面，说："我有一个朋友，失恋时在这里连续吃了三碗叉烧面，肚子胀得连哭的气力也没有，走出门口就吐了一地。很长的一段时间，她没法再吃叉烧面，每次看见叉烧面便会联想到痛苦。"

"后来呢？"

徐云欣低下头吃面，说："从此以后，她没法再吃叉烧面了，只能吃猪排面。虽然她知道这里的叉烧面是最好吃的。"

郭宏川啜饮了一口吟酿，说："其实我有朋友认识她——"他指着杂志上王亮怡写的那篇文章。

"真的？她是一个怎样的人？长什么样子？"

"蛮漂亮的，而且很聪明，只是脾气不太好。"

"就跟你那位房东差不多？"

"嗯，是的。"

徐云欣啜饮着吟酿，说："据说，吟酿就像一首低回的歌。"

郭宏川望着这个女孩子，觉得她有着这个年龄不该有的早熟。她跟他从前所认识的女孩子不一样。她像一只海鸥，不过是住在公寓里的，爱自由却又不敢离开地面太远。

夏心桔的 Channel A 播放着 Stanley Adams（斯坦利·亚当斯）的 "What a Difference a Day Makes（《多么不同的一天》)"。公寓的灯一盏盏熄了，只余下 520 的灯还在夜色里亮着。郭宏川坐在窗前的办公台，抱着一条腿在玩电脑。徐云欣用那部海鸥牌相机对着窗口拍了一张又一张的照片。刚才喝进肚子里的吟酿，变成一阕轻快的歌。

隔天，在美专上完了摄影课，一起离开学校的时候，郭宏川问徐云欣："你用那部相机拍了些什么照片？"

她神秘地笑笑："暂时还不能公开。"

她望了望他，忽然问："老师，你是不是常常让女人伤心的？"

"为什么这样说？"

"你像是这种人。不是令人哭得死去活来的那种，而是会让人伤心。痛苦和伤心是不一样的。你像是什么都无所谓，不会不爱一个人，也不会很爱一个人，像是随时会走的样子。"

"通常是我被人赶走的。其实，我也曾经是很痴心的。"

"是什么时候？"

"那时我只有十五岁，爱上了一个女孩子。我们的家距离很远，但我还是每天坚持送她回家。如果那天晚上约会之后，第二天早上又有约会，我便索性在她家附近的公园睡觉。"

"想不到呢。"

"她嫌我太黏人了，抛弃了我。"

徐云欣咯咯地笑了起来，道歉："对不起，我不该笑的。"

"没关系，我自己想起也会笑，当时却是很伤心的。"

"这是你的初恋吗？"

"嗯。"

"你有没有再见到她？"

"没有了，一直没有再碰到她。"

"如果碰到了呢？"

"也不知道会怎样。刚刚分手的头几年，我搬了几次家，但是一直没有改电话号码，我不知道她会不会有一天忽然想起我，想打一通电话给我。"

徐云欣定定地望着他。

"什么事？"郭宏川诧异地问。

"我有一个朋友也是这样，一直没改电话号码。当她终于改了电话号码，竟然跟他重逢。"

"然后呢？"

"那个男孩子并没有问她要新的电话号码，也许他没有勇气开口吧。老师，男人是不是会一辈子怀念旧情人的？有人说，男人离不开旧爱，女人无法拒绝新欢。"

"男人怀念的，也许是当时的自己吧。"郭宏川说。

忽然，她问："老师，男人是不是都爱逞强？"

"逞强？"

"嗯。为了逞强而去追求一个女孩子，因为他想赢另一个男人。"

"所有雄性都是爱逞强的，这是天性。"

"哦，是这样吗？"她低语。

后来有一个黄昏，公寓里的灯一盏盏亮了，郭宏川坐在520的窗前打电脑，徐云欣拿着那部海鸥牌相机远距离地拍照。突然之间，郭宏川站起来，走去开门。门开了，一个女孩子走进来，女孩拿着背包，好像大学生的模样。她进了房间之后，很轻松地扔下背包，郭宏川坐在窗前，女孩子亲昵地坐在他的大腿上。郭宏川站起来把窗帘拉上。后来，灯熄了。徐云欣站在窗前，看着看着，有点寂寥，也有点酸。

"老师，你有女朋友吗？"隔天，跟郭宏川在拉面店吃面时，她问。

"也算是吧。"

她不理解："什么'也算是吧'？很不负责任呢。"

"她有其他男朋友。"

"你一直都知道的？"

"是猜的，她没有说。"

"你不生气的吗？"

"也无所谓，她快乐就好了。爱情应该是自由的，不应该
是束缚。"

"那么，忠诚呢？"

"对自己忠诚就好了。"

"我不能同意啊。"她不以为然。

郭宏川笑了笑："我年纪比你大很多，当你到了我这个年
纪，便会接受这个世界上有各式各样的爱。"

"你也不是比我大很多。"她咕哝。

郭宏川低头吃着面，她伸手去摸摸他耳朵后面的头发，忽

然变出一只纸折的白色海鸥来。

"送给你的。"

"你会变魔术的吗？"他惊讶地问。

"老师，你要来我家看看吗？"

灯亮了，徐云欣的家简简单单，家具都是藤造的，有点老气。

"我爸爸妈妈是做藤器生意的，所以家里很多藤家具，用来打人的藤条也特别粗，你等我一下。"

郭宏川坐到窗前那张安乐椅里。徐云欣从房间里走出来，手上拿着一根长笛，站在灯下，吹出"What a Difference a Day Makes"。

歌吹完了，郭宏川站起来问：

"你会吹长笛的吗？"

"学了一段时间。我喜欢长笛，长笛的声音伤感。"她把长笛放回盒子里，说，"魔术也是教长笛的老师教我的，他伯伯是魔术师。"

郭宏川站在窗前，无意中看到对面那幢公寓。

"从这里看出去，原来可以看到我住的那幢公寓。"他望着她的眼睛说。

徐云欣微笑不语。

良久之后，郭宏川说："我要搬了。"

"为什么？"

"这里的租金不便宜。"

徐云欣一副失望的神情，问："你什么时候搬？"

"我明天要去泰国拍照，从泰国回来便会搬走，大概是下星期初吧。"

她低下头，没说话。

"我会常常回来吃拉面的，那家拉面店的叉烧面是我吃过最好的，还有他们的吟酿。"

"一言为定啊！"

"嗯。"

"老师，你等一下。"

徐云欣走进睡房，拿了那部海鸥牌相机出来。

"还给你的。"

郭宏川接过相机："你真的不打算让我看看你的作品吗？"

她微笑摇头。

他忽然问："离岛那幢对着大海的房子是什么颜色的？"

"白色。"她回答，"可以看到成群的海鸥。"

说了之后，她才发现这等于招认了那个失恋时买房子的朋友根本就是她自己，一口气吃了三碗叉烧面的也是她。

"你的房东长得漂亮吗？"她问。

"蛮漂亮的，就是脾气不太好。"郭宏川回答。

她笑了，好像获得一个小小的胜利，一种微妙的了解。

夜里，她拧熄了睡房的灯，窝在沙发上，一边吃李子蛋糕一边听 Channel A 播的 "What a Difference a Day Makes"。突然之间，她发现一团亮光从外面射进来，投影在白色的墙壁上。她把蛋糕放下，爬到窗台往下望，看到郭宏川站在 520 的窗前，晃动着电筒微笑着跟她打招呼。她连忙去拿了电筒向着那边晃动，像挥动一根指挥棒那样，回答了他的呼唤。

这大概也是离别的吟唱，绽放如黑夜的亮光，在寂寥的时刻

低回不已。

Channel A

第 十 章

喜欢一个男人的时候，
会把他在心中美化。
他明明只值七十分，
她会以为他值一百二十分。

半夜里，王亮怡被电脑"哔嗞哔嗞"的声音吵醒了，她爬起床，走出客厅，看到穿着汗衫、短裤和夹脚拖鞋的郭宏川，抱着一条腿，正在玩电脑游戏。她光火了，走到他后面拔掉电脑的插头。

电脑画面一片漆黑，郭宏川呆了半秒，回头看见怒气冲冲的王亮怡，他正想说些什么，她连珠炮发地说：

"我跟你说了多少遍？你玩电脑的时候不可以把声音关掉的吗？"

"我忘记了。"他赔笑说。

"忘记了？你倒忘记得轻松！人家赶稿赶了一整天，刚刚睡着，便给你吵醒了！你就不能为人设想一下吗？”

"好的。好的。"他一边道歉一边弯下身去重新把插头插上，继续玩他的电脑游戏。

几秒钟之后，他突然听到王亮怡的一声尖叫。他回过头去，看到她从厨房走出来。

"什么事？"他连忙问。

"是谁吃了我的饼干？"

"什么饼干？"他莫名其妙地问。

"在马莎百货买的那包杏仁饼！"她激动地说。

"那包杏仁饼？"他想起来了。

"你见过吗？在哪里？"

"我刚刚觉得肚子饿，吃了。"

"你吃了我的饼干！"她走到他身边，这时才发现他坐的那张椅子下面，全是饼干屑。电脑旁边，放着三瓶喝完的啤酒。

"你为什么吃了我的饼干？"她叉着腰问他。

他嗫嚅着说："我不知道是你的。"

"这间屋里的东西，不是我的，还会是谁的？你什么时候买过一包饼干、一瓶啤酒回来？"

"我明天还给你，好吗？"

"我现在就要吃！那包饼干是我准备半夜肚子饿的时候吃的！那是我最喜欢吃的杏仁饼，你竟然全部吃掉？"她气得想哭。

"不过是一包饼干罢了，你用不着发这么大的脾气。"他一边玩电脑一边说。

王亮怡气得用身体挡着电脑屏幕，说："现在反而是我不对了？"

"既然我已经吃了，你生气也没用。"他说。

"你就是这样的！什么都理所当然！什么都无所谓！"

"你扯到哪里去了？"

"整天打电脑，你不用工作的吗？"

"这阵子不用开工。"

"你难道不可以积极一点的吗？"

"没人找我拍照，难道要我自动请缨吗？"

"你就是这副德行！我不知道我是怎么忍受你的！"她一边说一边拿出吸尘器在他面前吸掉地上的饼干屑。

"你把垃圾拿出去了没有？"她问。

吸尘器轰轰地响，郭宏川听得不清楚。

"什么？"

她关掉吸尘器，问："你把垃圾拿出去了没有？"

"我现在去。"他站起来说。

她扔下吸尘器，说："不用了。"

她走到厨房，把垃圾袋绑好，放到外面去，然后悻悻地回到床上。

直至夜深，她躺在床上，只听到自己肚子里的咕咕声和郭宏川在身旁发出的鼻鼾声。她沮丧地望着天花板，无奈地等待着睡眠飘来。

隔天，王亮怡在 Starbucks 一边喝咖啡一边向徐洁圆诉苦，徐洁圆禁不住笑了。

“你们就是为了一包饼干吵架？”

“我们没吵架，我跟他是吵不起来的，他什么都无所谓，什么都不在乎，说得好听一点是潇洒，说得难听便是吊儿郎当。”

“你当初不就是喜欢他这一点吗？”

“那时的他，不是现在这样的。”

“我觉得他一直都是这样，变的是你。”

“我没变，是他不长进。这一年来，房租是我付的，家里的开支，也是我的。他碗也没洗过一个，从来不会帮忙做家务，我只是个陪他睡觉的菲佣！”王亮怡愈说愈气。

徐洁圆定定地望着她，说：

“当初好像是你把他带回家的。”

王亮怡噘着嘴：“不用你提醒我。”

两年前，她是一本女性杂志的助理编辑，郭宏川是摄影师的助手。第一眼看见他，她就留下了深刻的印象。他脸上永远刮不干净的胡子，微笑的眼睛，钩鼻和略带残酷表情的嘴巴，还有他工作时专注的表情，在在都教她着迷。

那个时候，他们常常在拍摄的空当聊天。他会和她一起研究照相机，教她拍照的技巧。她本来不喜欢男人穿凉鞋的，但是郭宏川穿凉鞋很有型。他爱穿那种便宜的、黑色塑料夹脚凉鞋，露出十只可爱的脚趾，洒脱得像去海滩的样子。

"这种塑料凉鞋对脚底健康不好的。"一天，她跟他说。

"管他呢！舒服便好了，我走万里长城也是穿这双凉鞋。"

"真的很舒服吗？让我试试看。"

郭宏川脱掉一只凉鞋给王亮怡。她把那一只还留着他体温的凉鞋穿在脚上，鞋子很大，像小孩子穿了大人的鞋。

"你的脚真大。"

郭宏川笑笑说："听说脚大的人很懒惰。"

王亮怡望着自己脚上的凉鞋，说："我穿不惯夹脚鞋。"

"我从小已经习惯了。穿这种鞋子，低下头看见自己双脚时，刚好看到两个'人'字，觉得自己是在做人，人呀人！"

王亮怡扑哧一笑："你要这样才知道自己在做人吗？"

"嗯。那样我才可以提醒自己要脚踏实地，不要太多理想。"

"有理想不是很好吗？"

"女人会觉得这些东西不切实际。"

"没有理想的人生，根本是很贫乏的。"她朝他微笑。

第二天，王亮怡跑去买了一双夹脚凉鞋。可是，她终究是穿不惯这种鞋子，结果，大脚指头和第二只脚趾之间，红肿了一片。几天后，她只好买来一双交叉带的。穿上这种凉鞋，她觉得自己也浪荡起来了，更像郭宏川。

当一个人爱上另一个人，便会开始模仿对方，说话的语气愈来愈相像，品位与气质也愈来愈接近，渐渐忘记了自己是在模仿，以为自己本来便是这个样子。

王亮怡觉得自己的嘴巴也开始有着略带残酷的表情了。

一天晚上，拍摄的工作到深夜才结束，她和郭宏川走出摄影棚所在的那幢工厂大厦时，一辆 BMW（宝马）摩托车高速驶来，戛然停在他们跟前。开车的是个女人，蓄着一把长直发，戴着一个鲜红色的头盔，回头向郭宏川微笑。郭宏川戴上头盔，坐到车上，揽着女人的腰，朝王亮怡说："再见。"

摩托车驶离她身边。她早就打听过了，郭宏川有个同居女朋友，是模特儿来的，会开摩托车。

女人开摩托车真酷啊，何况是漂亮和修长的女人！她凭什么跟人家抢呢？刚才，她留意到那个女人是穿一双黑色运动鞋的，人家有自己的风格，不用穿夹脚凉鞋。她低下头，望着自己十只脚趾，突然觉着一些卑微。

"我想去学摩托车。"隔天跟徐洁圆一起吃意大利菜的时候，她说。

徐洁圆瞪大了眼睛："很危险的！"

"我们一起去学好吗？"

"符杰豪才不会让我学。你为什么忽然想学摩托车？"

王亮怡翻开刚刚买的一本杂志的其中一页，指着书上穿三点式游泳衣的模特儿，问徐洁圆："你觉得她漂亮吗？"

"她的腿很长，很漂亮啊，有没有四十四英寸？"

王亮怡没趣地说："你也不用称赞得这么厉害吧。她就是郭宏川的女朋友，叫叶嘉瑜。"

"怪不得。"徐洁圆笑笑说,"你学摩托车是跟她有关的吗?"

"我和她怎么比?"

"要我说老实话吗?"

"尽管说吧。"

"内在美也是很重要的。"

"哼!废话!"她捧着那本杂志,摇着头说,"大概这辈子也轮不到我了。男人当然宁愿被四十四英寸的美腿缠着也不要三十九英寸的。"

"你腿长不是三十七英寸吗?"

王亮怡没好气地说:"你不要那么残忍好不好?我有时是三十九英寸的,我的腰高嘛!"

"郭宏川真有你说的那么好吗?"

王亮怡扬了扬眉毛,说:"我的眼光一向都不错。他很有才华的,将来肯定会成为一流的摄影师。"

"摄影师会不会很风流?"

"他不是。"

"你怎么知道？"

"我看得出来。"

徐洁圆笑了："你真的被他迷住了。像你这么要强的女人，竟然会暗恋别人，从前真是无法想象。他知道吗？"

"喜欢一个人，用不着让他知道的，免得他沾沾自喜。"可是，她又有些难过，"他知不知道也没关系，反正我们是不可能的。"

"因为腿不够长？"

"有个定律，叫先到先得。"

"爱情常常是违反定律的。"

王亮怡忽然感伤起来，眼里泛着泪光，说："为什么他不属于我呢？"

徐洁圆叹了口气，说："这个问题有多么笨呢。"

她自嘲说："是的，说得那么幼稚，好像从没见过世面似的。"

"你真的打算去学摩托车吗？"徐洁圆问。

王亮怡茫然说："我还没决定。"

半年后的一天，她和郭宏川正在摄影棚里拍一辑时装照。摄影棚的大门突然砰的一声打开，叶嘉瑜拖着一个黑色尼龙行李箱进来，重重地把那个行李箱扔在郭宏川面前。

"郭宏川，这是你放在我家里的东西。"叶嘉瑜悻悻地说。

在大家吃惊的目光下，她泰然自若地转过身去，离开了摄影棚。

郭宏川尴尬地把行李箱推到一边，说："对不起，我们继续吧。"

那天拍照一直拍到午夜，摄影师和模特儿都走了，留下郭宏川收拾东西。

"你们分手了吗？"王亮怡问。

郭宏川笑笑说："应该算是吧？"

"你今天晚上有地方睡吗？"

"我可以在这里睡的。"他说。

她一声不响，走过去拖着他的行李箱，走在前头，说：

"来我家吧。"

从那天开始，郭宏川就住进她家里。她的家里，从此多了一双夹脚凉鞋和一双夹脚拖鞋。

同住之后的那个晚上，郭宏川靠在沙发上，王亮怡的头幸福地枕在他的大腿上，双手反过去钩住他的脖子。

"你和她为什么会分手？"她问。

"可能她对我失望吧。"

"你做了什么事情让她失望？"她一边用手指头戳他的须根一边说。

"我不需要做些什么的，可能是她从前太美化我吧。"

"美化？"

"女人都是这样的，喜欢一个男人的时候，会把他在心中美化。他明明只值七十分，她会以为他值一百二十分。两个人一起生活之后，她才发现他也不过是个凡人，并不是她想象的那样。到了这个时候，他在她心中，就只值五十分。"

"我不是这种女人。"

"女人都是差不多的，这是天性。"

"将来你会知道。"她一边说一边把腿抬高，噘着嘴巴问他，"我的腿是不是很短？"

"不短。"他说。

她叹了口气，略带遗憾地说："三十九英寸半，是太短了。"然后，她坐起来，用两条腿缠着他，笑嘻嘻地咬他的耳朵。

郭宏川没说谎，脚大的人真是比较懒惰。住进来之后，他从不帮忙做家务。她抹地的时候，他唯一做的事情，便是把双脚提起，然后继续玩电脑。他的钱都是用来买照相机和杂志的。虽然天天在家里穿着夹脚拖鞋，他却一点也不脚踏实地，一直甘心情愿当摄影助理，每星期到美专去教一节摄影。

"问题不是他吃了我的饼干，而是他令我太失望了。"她跟徐洁圆说。

十一点半了，Starbucks 里的店员排成一列，同声喊："Last order！"

"走吧，last order 了。"王亮怡放下手里的咖啡杯，惆怅地站起来。

郭宏川还没有回来，她蜷缩在床上，很难描绘那种淡漠。你本来很爱一个人，可是，当所有的失望累积到了一个临界点，连爱也再提不起劲了。

郭宏川回来了，她假装睡着。他一如以往，总是弄出许多声音，不在乎会不会把她吵醒。

终于，他爬到床上，背对着她睡了，两个人没说过一句话。

后来有一天晚上，王亮怡去参加中学同学会的聚餐，符杰豪喝了酒之后，高谈阔论，不断批评大学生的素质。她沉不住气，说：

"不是所有大学生都是这样的。"

符杰豪指着她，问："亮怡，你一个月赚多少钱？"然后，带着嘲笑的眼光，他说："还不到一万五吧。我店里的店员，只要勤力一点，每个月也不止赚这个数目呢！"

"这个世界上还有一样东西叫理想的。"她恨恨地说。

她生徐洁圆的气，一定是徐洁圆告诉符杰豪她每个月赚多少钱的。她生符杰豪的气，他是个自卑又自大的可怜虫。她生自己的气，也生郭宏川的气，他为什么不长进一点，为她挣一点面子？

她憋着一肚子气回到家里。门打开了，她看见郭宏川正在把玩一部新买的照相机。

"你又买照相机？"

郭宏川兴奋地说："这部 Voigtländer Bessa-T 是老牌德国相机，刚刚给日本公司收购了。你看它的机身和手工多精巧！"

"多少钱？"她压抑住怒火问。

"才六千块。"

"那差不多是我半个月的薪水，你真会花钱！"

"是物有所值的。它还可以配 Leica 的 M 型相机镜头呢。"

王亮怡一声不响地把他那个黑色尼龙行李箱扔出来，冲进睡房，打开抽屉，把郭宏川的衣服，还有内衣裤，通通扔进箱子里，然后，她跑进浴室，把所有他的东西都摔到那个箱子里：他的毛巾、他的牙刷、他的剃须刀。

"你干什么？你疯了吗？"郭宏川蹲在地上捡起自己的东西。

王亮怡歇斯底里地喊："我受够你了！你走吧！"

他窘迫地站着。她看到茶几上有一个胶袋，她拿起那个胶袋，把那个胶袋也扔进行李箱去。胶袋里的东西掉到地上，是两包马莎百货的杏仁饼，她愣住了。

"今天去买给你的。"他说。

她拾起两包饼干，放在一旁，把行李箱合上，跟郭宏川说："谢谢你的饼干，再见。"

郭宏川掀掀那个略带残酷表情的嘴巴，提着行李箱走了，只留下一双夹脚拖鞋。

她不用为他担心，也许，很快便会有另一个女人收留他。她太累了，累得没有气力去光谈理想。

夜里，外面狂风暴雨，她的膝盖隐隐地痛，那是跟郭宏川同居之前，学摩托车时从车上摔下来跌伤的。每逢下雨天，膝痛便会发作，好像在提醒她，她曾经那样无悔地爱过一个男人。

Channel A

第 十 一 章

人困在一段复杂的关系里，
总以为是世界末日。
抽身而去之后，
才发现世界是很辽阔的。

方明晞坐在 Starbucks 里，啜饮着一杯 Latte（拿铁咖啡），把玩着左手手腕上一串朴拙的银手镯。三年了，她离开香港的时候，香港还没有这种咖啡店。这一刻，重聚的亮光在她心头点起，她的脸有点发热。她看着街外的风景，想象待会儿再见的人会变成什么模样。

她猛地抬头，关正之已经朝她走来了。

她热情地挥动左手跟他打招呼，当啷当啷的金属声是重聚的声音。

"你来了很久吗？"他问。

"不是的，你喝点什么，你先去买。"她说。

"好的。"他腼腆地点点头，然后转身走向柜台。

她盯着那个久违了的背影。她从来就喜欢看男人的背影，看着男人在看不见她时的姿态，那是他们最真实的一刻。

关正之的背影有点紧张，他两边的肩膀向脖子靠拢。阔别多年，他没什么改变，脑后的一小撮头发永恒地卷起，像一条小猪尾。

关正之买了一杯 Espresso，在她面前坐了下来。

"你好吗？"方明晞朝他微笑。

他笑笑，问："什么时候回来的？"

"回来几天了。还怕找不到你呢。幸好你的电话号码没有改。"

"是回来度假呢，还是什么？"

方明晞用手支着头，笑笑说：

"就是想离开巴黎一段时间。"

"你的手镯很漂亮。"关正之说。

"哦，是非洲手镯来的，上面刻的都是非洲女人的样子，笨笨的，很可爱。你不嫌吵吗？"

关正之摇摇头。

"从前你总说我很吵。我喜欢把什么都挂在身上，耳环啦、手镯啦、戒指啦！"

"这是你的特色，每次听到当啷当啷的声音就知道是你。"

"我现在只戴手镯，其他的都不戴，太累赘了。你这几年好吗？"

"不过不失吧。你呢？"

"我是一贯地无所事事啦。"方明晞咧嘴笑了。

"在法国都做些什么？"

"念时装设计，不过还没毕业。"

"你一向有这方面的天分。"

"不是啦。学校里高手如云，我是很平凡的。"

"喜欢巴黎的生活吗？"

方明晞点点头："习惯了。巴黎的步伐比香港慢，连时间也好像过得比较慢，有许多空闲去胡思乱想。"

"是不是已经习惯了吃法国菜？"

方明晞笑笑说："其实我常常跑去吃越南菜。法国有全世界最棒的越南菜。你去过法国没有？"

关正之摇摇头。

"你该去看看的。"然后，她说，"在巴黎，我也做兼职呢。"

"什么兼职？"

"你一定猜不到了。我这么胆小，竟然在一家动物标本店兼职，那家店叫 Deyrolle（戴罗乐），在圣日耳曼区，从一八三一年开始搜集和制造标本。店里有斑马、狮子和野豹的标本，还有麋鹿和山鸡的，也有昆虫的，很多很多呢！都是已经不会跑不会飞的东西。起初觉得很可怕，尤其是成天望着那个麋鹿头，不过现在已经习惯了。幸好，人死了不会被制成标本。"

"有些人会的。伟人死后便会被制成标本，给人瞻仰。"

"幸好我绝不会成为伟人。"方明晞低下头笑了。

"你的咖啡喝完了，我去替你买一杯。"关正之站起来说。

"好的，谢谢你。"

"还是要一样的吗？"他问。

她点点头。

关正之转过身去，走到柜台。方明晞看着他的背影出神。重聚是一种时间的回复，忽而让她穿过岁月的断层，回到那伤感的过去。

那年，她周旋在关正之和杜一维之间。她是先认识杜一维的，那段三角关系纠缠了差不多一年。她没法在两个人之间选择一个，她的确是两个都爱。一天，她哭完了，忽然想到解决的办法，就是离开。

在机场，她打了一通电话给关正之，他并不知道她已经提着行李准备不辞而别。

"答应我，你要好好地生活。"她说。

"发生了什么事？"他在电话那一头着急地问。

"你先答应我啊。"她叮咛。

"嗯。"

"假如有天我不见了，你会想念我吗？"

"嗯。"

"假如我不再回来呢？"

"我会等你。"

"你总会爱上别人的。"她说。

"我会永远等你。"他深情地说。

她轻轻地叹了口气，握着话筒的手垂了下去，又提起来，手腕上的银手镯，当啷当啷地响，是离别的声音。

她为了逃情而去巴黎，结果却在那边疯狂地爱恋着一个男人。同居六个月里，她和那个男人几乎天天吵架。后来，他走了，她留下来念法文，也爱上了其他男人。

"你的咖啡。"关正之把一杯 Latte 放在她面前。

"谢谢你。"

"你住在哪里？"他问。

"我住在朋友家里。可以把电话借给我吗？我看看她回家了没有，我出来的时候忘记带钥匙。"

她用关正之的手机打了一通电话，然后说："我朋友在家里，我要回去了，要人家等门不是太好。"

"我送你。"

"嗯。"

"你还是单身吗？"回去的路上，她问。

"哦，是的。"他说。

分手的时候，他腼腆地说："我再找你。"

她微笑点头。

"回来啦？你到哪里去了？"王亮怡一边开门一边说。

"我去找一个旧朋友。"

"我还以为你在家里，有李子蛋糕，有没有兴趣？"

"好啊！"她一边吃一边问，"这是什么蛋糕？酸酸甜甜的，很好吃。"

"是德国蛋糕。有同事今天去采访那家蛋糕店，带了一个回来，剩下半个，很好吃，我带回来做晚餐。"

"我刚刚去见以前的男朋友。其实也不知算不算男朋友，因为跟他一起的时候，我是有男朋友的。"

"他现在怎么样？"

"我猜他已经有女朋友，他说起话来很隐晦的，可能是怕我不开心吧。"

"现在是什么年代了？身边这么多人转来转去，很快就可以爱上一个。"

方明晞瞟了瞟她，说："那你呢？"

"哪儿有这么快？我才刚刚把他赶出去。你早一点回来，就没地方给你住了。"

"你没告诉我为什么把他赶出去。"

王亮怡耸耸肩："就是开始嫌弃他喽！"

"女人是不是都是这样的？起初很爱一个男人，觉得他什么都好，后来就嫌弃他了。"

"你是吗？"

"我通常在嫌弃他们之前就跑掉。我喜欢留一个美好的回忆。"

"有时候，这种想法是很一厢情愿的。当你要跟一个人分手，那个回忆对他来说，怎会美好？"

"我们并没有正式分手，是我不辞而别。"

"你回来是要找他吗？"

方明晞笑笑："我的确是想寻找一样东西，一样不知道是否仍然存在的东西。"

隔天，她接到关正之的电话。

"那天你用我的电话时，留下了你朋友家里的电话号码，所以我试试看。你有时间吃顿饭吗？"

关正之带着方明晞来到中区荷李活道一家越南餐馆。这家餐馆是洋人开的，室内的布置很西式，一点也不像吃越南菜的地方。

"你说喜欢吃越南菜，所以我带你来试试。不过这里的越南菜有点西化，应该比不上你在法国吃的。"

"我只要吃一碗生牛肉粉便分得出高下了。"

方明晞点了一碗生牛肉粉。

"味道怎么样？"关正之问。

"味道很不错，不过还是法国那边做得比较好。放假的话，你一定要过来玩，我带你去吃。"

他尴尬地说："自从你去了法国之后，我就不敢去法国了。"

"那时我实在没有更好的办法。人困在一段复杂的关系里，总以为是世界末日。抽身而去之后，才发现世界是很辽阔的。"然后，她说，"巴黎左岸有一家玫瑰花店，名叫au nom de la rose（玫瑰之名），是我很喜欢的。有钱的时候，我会去买花。店里只卖十七世纪品种的玫瑰，颜色美得无话可说。在付钱处的小小柜台上，永远放着一本勃朗宁的诗集，而且永远停留在同一页，标题是——You'll love me yet，你总有爱我的一天。"

"法国就是一家花店也比别的地方浪漫。"

"以前也有男孩子跟我说过这句话，不知道是他自己说的，还是在勃朗宁的诗集上看到的。"

"你后来爱上他了吗？"

方明晞笑着摇头："可能那一天还没来到吧。"

停了很久之后，她问：

"你呢？有没有女朋友？"

"嗯，她正在念大学。"

"那不是比我年轻吗？男人真幸福啊。随时可以找个更年轻的女朋友。"

关正之一副难为情的样子。

"你后来是怎么知道我去了法国的？"

"你寄过一张明信片给我。"

方明晞恍然大悟："是吗？我都忘记了。"

"我在明信片上写些什么？"

"你写的是法文。"

方明晞不禁笑了起来："我为什么会写法文？你根本不会法文。"

"所以我到处去问人，终于找到一个朋友的妹妹的同学，她会法文。"

“我写了些什么？”

“我都忘了，也许因为不是母语吧。”关正之尴尬地摸摸脑后那撮鬈曲的头发。

他没说的是，那个帮他翻译的女孩子就是赖咏美，后来成了他的女朋友。而他的确忘了明信片上写些什么，只记得当时很伤心。她在的时候，身上的首饰总是当啷当啷地响。她走了之后，他的世界也变寂静了。

“你呢？你有男朋友吗？”他问。

“放心吧。我不会没人喜欢的。”她托着头说。

“什么时候回法国去？”

“还没决定。”

他送她回家的时候，她说：

“我要去买点东西。在王亮怡家里住了这些天，总要帮人家补给一下食物。”

“我陪你去。”

在超级市场里，她买了面包、水果和酒。

"你有没有看到茄汁焗豆，忽然很想吃。"她说。

"你也喜欢吃的吗？"他诧异地问。

"怎么啦？你也认识很喜欢吃茄汁焗豆的人吗？"

关正之摇了摇头，弯下身去，在货架上替她找茄汁焗豆。

她望着他的背影，突然有点感动。

他找到了，站起来问她："是这一种吗？"

她微笑点了点头。

关正之替她付了钱，帮她提着东西回家。

道别的时刻，她热情地挥动左手，手腕上的银手镯在寂静的夜里当啷当啷地响。

他回过头去，粲然地笑了。

她和关正之曾经有过美好的时光，他总是在她身边叨念着爱她。那天，他在电话那一头说会永远等她，她感动得几乎想留下来。可是，他说的，他已经忘了。

无法在一起的时候，男人说会永远等你，也许不过是一种风度和礼貌，或者一个期待。她在失意的时候回来，并不是想回到他身边，只是想知道像这样的一个承诺是否仍然存在。她也不知道杜一维现在怎样。杜一维没说过等她。或许，他已经有另一个女人了。

纵使爱不会变，形势总会变。

人总有不爱另一人的一天。

这一天，王亮怡在家里接到关正之的电话。

"方明晞走了，她有一些东西留给你，你过来拿可以吗？"王亮怡说。

"她去了哪里？"来到的时候，他问。

"她跟朋友去了西藏。"

沉默了很久之后，他问："你跟她是怎么认识的？"

"她帮我们杂志写一些巴黎的事情，你没看过吗？"

"我不知道她在香港写稿。"

"我给你一本拿回去看看。"王亮怡拿了一本杂志给他。

"谢谢你。"

"我想她大概不会回来了。"

"哦。"他有点失望。

在地铁车厢里，他翻开那一页，方明晞写的正是巴黎左岸那家玫瑰花店——你总有爱我的一天。

他曾经没有一天不爱她，也说过永远等她。那一夜，那串银手镯的声音，再一次在他心里回荡。这离别的声音，也许再听不到了。

他打开她留给他的东西，是一盒蝴蝶标本。精致的木盒里，排列着十六只青玉星蛱蝶的标本。

方明晞坐在飞往拉萨的飞机上，想到关正之可能已经收到她的礼物了。那十六只由小到大排列的青玉星蛱蝶深沉而强烈的蓝色，是因为日光照射在它们翅膀上的鳞片而形成的。制成了标本，永不会褪色，也不会随着岁月消逝。

旧爱已成标本，没有生命，也再飞不起来了，只留下一场美好的相逢。

她挥挥左手，向空姐要了一杯矿泉水。

关正之把标本放在大腿上，忽然听到当啷当啷的声音，他猛地抬起头，一个女孩子在他身边坐了下来，膝盖上放着一盒蛋糕，左手手腕上戴着一串闪亮的银手镯。

图书在版编目（CIP）数据

魔法蛋糕店 / 张小娴著 . —长沙：湖南文艺出版社，2020.6
ISBN 978-7-5404-9657-9

Ⅰ . ①魔… Ⅱ . ①张… Ⅲ . ①长篇小说—中国—当代
Ⅳ . ① I247.5

中国版本图书馆 CIP 数据核字（2020）第 072890 号

上架建议：畅销·小说

MOFA DANGAO DIAN
魔法蛋糕店

作　　者：张小娴
出 版 人：曾赛丰
责任编辑：刘雪琳
监　　制：毛闽峰　李　娜
策划编辑：张　璐
文案编辑：王　静
营销编辑：焦亚楠　刘　珣
封面设计：介末设计
版式设计：梁秋晨
封面插画：Eve-3L
出　　版：湖南文艺出版社
　　　　　（长沙市雨花区东二环一段 508 号　邮编：410014）
网　　址：www.hnwy.net
印　　刷：三河市兴博印务有限公司
经　　销：新华书店
开　　本：875mm × 1230mm　1/32
字　　数：97 千字
印　　张：7
版　　次：2020 年 6 月第 1 版
印　　次：2020 年 6 月第 1 次印刷
书　　号：ISBN 978-7-5404-9657-9
定　　价：40.00 元

若有质量问题，请致电质量监督电话：010-59096394
团购电话：010-59320018